鋼鐵草莓

七年級的70個關鍵字

藍白拖 著

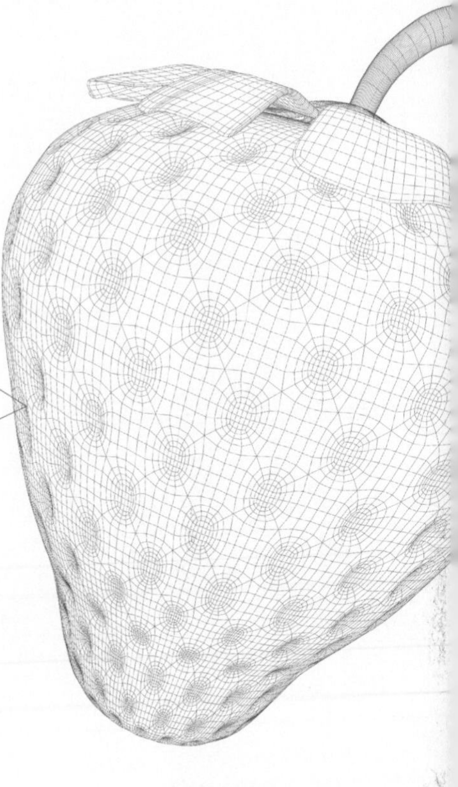

推薦序　大A　人氣作家

和整個世界對話

第一次見到藍白拖，我不知道他是七年級。

因為他看起來多麼不像是。他會一五一十地說話，可是不會直接到了失禮。他會追問和反問，就是不會問出沒有做過功課的問題。

過分不在意外在的條件，那些穿著、外型、收入、身分和行頭。過於不合時宜地閱讀邏輯、哲學、名著及藝術。

跟我想像中的七年級多麼不一樣。

後來我才知道了原因，出自於他的那一場旅行。使他連夜長大，成為了一個想太多的七年級。

這一本書帶出了他在人前的樣子：他不會說要不停旅行，他要說的是旅行教會他的事。身為一個七年級生，他要和整個世界對話。要替七年級說出，還沒有開口就被消音的話。

推薦序　宥勝　名藝人／作家

找到幸福的關鍵

藍白拖是我見過最勇敢的背包客，因為，他將旅行者所謂的「背包精神」，紮紮實實的帶入了自己的真實人生。

很多人是找不到真實人生的。

工作、賺錢、成就、驕傲，這些標準的人生目標，到底能讓我們得到什麼？藍白拖在自己的旅行裡找到了答案，然後把答案一項一項融進生活裡，並且在最後集結成書，一頁一頁的分享給大家。

不喜歡自己的工作？人生沒目標？不快樂？壓力很大？一事無成？不能做自己？我只能說，這些都是錯覺，想要知道自己人生的真相，最棒的方法就是一個人去旅行，但如果現階段暫時做不到，那就讀完這本書吧！

那就一定可以，找到幸福的關鍵答案。

作者序

七年級的腦內革命

這本書不是寫來抱怨臺灣有多差，也不是寫來鼓勵七年級，而是讓大家有機會思考，如何從巨大又複雜的焦躁世代裡，把自己拉回原點，找到一個安身立命處，接著再出發。

一個問題之所以嚴重，是因為我們從未釐清問題的本質。

各位讀者不用期待從書中獲得某種能力，因為你們早已具備許多能力，只是我們經常視而不見或輕忽自己，失去讓自己更好的機會。

出走臺灣一年的時間裡，到了遠方看世界，當中並沒有獲得多麼驚人的改變，可能是過於頻繁的移動導致無法靜下心檢視自己。回到臺灣後，開始花時間閱讀與思考，才漸漸了解自己過去的無知與無力，懂得重新審視存在已久的問題。

有人說七年級是最慘的一代，要面對高房價、高學歷、高工時卻低薪資，甚至要背負「草莓族」的罵名。身旁有些七年級朋友，遭遇人生低潮，面臨工作、家庭、人生的問題時，一個不小心就會被長輩責罵，被罵抗壓力低、愛抱怨、能力差，接著長輩會開始述說自己以前多辛苦、多努力的故事，卻忘記「罵人」也是另一種抱怨。

拚了命工作領著低薪被說窮忙族；不拚命工作不努力賺錢被說草莓族。如果要我形容長輩的話，我倒覺得他們是「不滿族」。不滿年輕人、不滿社會、不滿臺灣，好像一切的問題都不是他們的問題。

某次和長輩閒聊，聊著他公司裡的職員，他氣呼呼的說：搞不懂現在年輕人在想什麼？真的很難溝通。我心裡想，一個員工整天看著情緒不穩的老板，其實才不知道如何溝通！如果要討論抗壓性低，長輩們才是吧？動不動就抱怨員工、批評臺灣社會，看看新聞節目就略知一二。每個企業家、政客、電視名嘴，好像在玩罵人比賽，誰罵得大聲才叫愛臺灣。問他們年輕人在想什麼，沒有一個答案讓人滿意。把一堆問題推給別人，就是他們習慣給的答案。

「問題一直存在，答案永遠不存在」就是七年級遭遇的現況。

活在悲慘年代，每個年級的人都過得苦不堪言，話雖如此，但有件事很重要，就是七年級是目前臺灣社會最重要的一群人。要準備銜接上一世代的資源，擁有力量後才能傳承給下一世代。觀察臺灣現況並不樂觀，我曾經待過兩家傳統產業，兩間公司都面臨員工斷層問題，主管越來越老，員工越來越年輕，世代溝通越拉越遠，因為彼此不了解，所以造成更多衝突。如果員工斷層問題越嚴重，必然產生經營海嘯。倘若企業存在世代衝突，相對的，臺灣社會也可能存在相同的問題，這對臺灣未來發展肯定造成負面影響。

英國文豪狄更斯以法國大革命為時代背景所撰之名著《雙城記》用「這是最美好的時代，也是最糟糕的時代」（It was the best of times. It was the worst of times.）當開場引言。內容描寫貴族如何糟蹋、如何迫害老百姓，人民心中壓抑著對貴族的仇恨，因此導致法國大革命。這故事似乎活生生搬上臺灣舞台，反應現況。臺灣這幾年，不難嗅出群眾想要革命的味道，似乎有場真正的臺灣大革命正在醞釀。

七年級需要改變，要改變就要革命，要一場大革命也就需要七年級。但在革命之前，更需要腦內革命，先把腦中所有的固執與成見打破，再重新拼湊另一個靈活腦袋。

喊革命很容易，但要處理革命情緒並不簡單。唯有靜下心，釐清問題的根源，這場革命才開始變得有意思又有趣。

期待這本書能革命你，你再去革命世界！

目錄

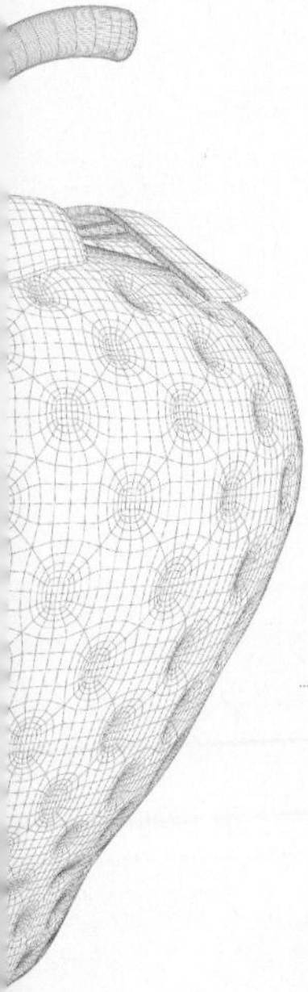

第三章——CHAPTER 3 做自己

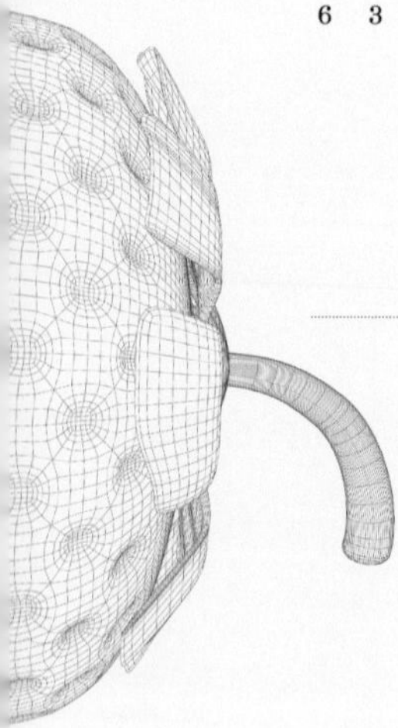

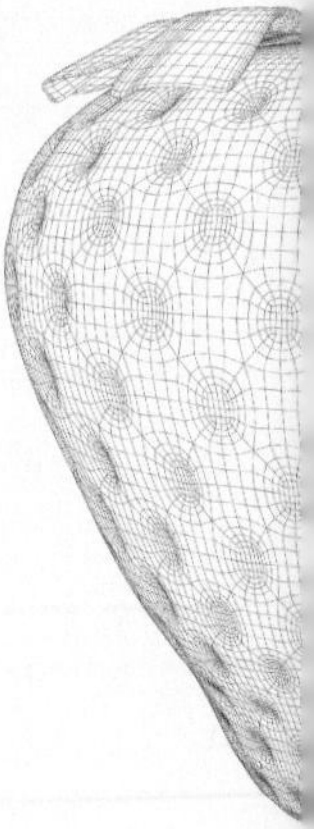

第一章——

CHAPTER 1

過日子

「你覺得現在的自己在哪裡？」

「在印度？」

「不，你在我面前。」

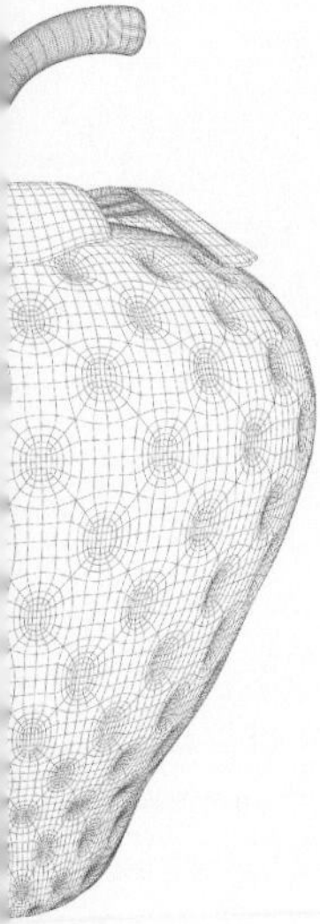

約有 1,480,000,000 項結果（搜尋時間：0.31 秒）

工作

工作的好壞不在薪水高低，而是認同與否。

我今年剛畢業於觀光系，身旁的朋友幾乎都選擇投入職場，但我決定先出國打工渡假闖蕩。家人都很支持我這個決定，認為年輕人多看世界不是壞事，但最近有件事困擾我。

我從小就喜歡背著包包搭車四處冒險，知道打工渡假的年齡限制在三十歲以前，大學開始就有明確的目標，打算利用年輕時到世界各地體驗生活，也就是說，未來的日子不會有正式的工作經驗。於是許多長輩及朋友都擔心的說：「總不能就這樣一直玩下去吧？打工渡假只是一個體驗，出去一、兩年就差不多了，不需要玩這麼多年。而且等你回來都三十歲了，事業等於從頭開始，更何況，你又沒有任何工作經驗！」

或許家人說得沒錯，只會玩有什麼用？但又覺得人生只有一次，錯過這些日子，似乎有些可惜……

Dear friend,

你可以在旅行路上思考兩個問題：你想擁有什麼樣的專業？人生經驗是否等同工作經驗？

旅行好比一本書，會提供知識與經驗，但如果不懂得運用，它就和空氣一樣既重要，卻不值錢。你可能會接著問：「我根本不知道自己喜歡什麼樣的專業？」那是因為缺少付出。

許多人以為旅行僅是由外而內的過程，出去看文化、吃美食、認識人，接著把記憶與照片帶回臺灣。等生活被打回原型後，回到原來的崗位，回家吃著冷掉的便當，回到房間壓抑著想要逃離的心。旅行再久、再多、再長，也永遠填不滿那個心中的黑洞。

這種過程很容易創造出物質欲望，有錢才能旅行，才能買房，才能生活，以為自己什麼都沒有，只好不斷向外抓。人生中的專長變成賺錢，變成占有，變成害怕放下一切的人。

當你的旅行是由內而外，成為一種付出時，才會有非常驚人的收穫。出國幫人蓋房子、餵小孩、搬東西，這種付出是肉體上的，真正能感動人的是精神上的，因此才會有旅人淬鍊出文字、影像、音樂，創造出能改變世界的企業。這種旅行是付出，也是收穫，正因為他們懂得運用旅行吸收到的經驗，不斷行動。

收穫後的果實，會自動告訴你該培養何種專業。當你真心付出專業時，會幫助你，也會幫助他人，甚至會幫助世界，這樣的專業才值得擁有。而不是看到別人搞電腦賺錢，就想培養電腦專長；看到別人炒房賺錢，就想培養炒房專長。這樣的專業只能增加口袋深度，無法獲得生命厚度。

除了要問自己該擁有什麼專業？以及自己不該擁有什麼？目前又已經擁有了多少？那些自以為專業的人，往往也是最厲害的騙子。

人生經驗是否等同工作經驗？

是的話，努力旅行體驗人生，肯定會在工作經驗上加分，接著從工作中獲得人生樂趣；否的話，你的人生即缺少趣味與啟發，甚至會卡住，想不通除了拚了老命工作賺錢，還能獲得什麼，甚至可能因此厭惡工作上的付出，因為工作只會讓你聯想到剝奪與疲憊。

一份工作的好壞，不在薪水高低，而是認同與否。人生大部分的時間必然花在工作上，如果一直無法真心認同眼前的工作，又如何品嘗自己的人生？

有用嗎

喜歡全新的自己，不討厭明天的自己。

我今年大二升大三，讀的是工業設計。我並非對校園失去信心，而是對自己的未來，對所念的科系。

工業設計不像建築師有執照可以考，任何一個非本科生只要靈光乍現就可以跨行當設計師。我開始懷疑繼續待在這的理由，為了文憑，不得不繼續苦讀，這就是亞洲！這就是臺灣！

「畢業之後可能不會走設計這條路」這個雜念經常出現在腦中。我學設計不是很有天分，也不是很努力，更不認識設計，甚至不知道念出來要幹嘛？

如果有機會休學，也想要來場 Gap Year [1]。翻了不少書，發現許多人提起勇氣完成壯遊後，不是成為作家就是自由工作者，也許是因為不習慣被工作綁住而選擇這樣的工作型態。然而一般人回國後，該用什麼樣的心態重回職場，忍受一成不變的日子？

Dear friend,

妳擔心所學沒執照，因此沒競爭力，以為學設計僅需要天分，九十九分的努力不如一分天才能力，這兩個原因讓妳產生質疑。

妳這麼年輕就對未來徬徨，這是好事，代表妳比別人更在乎自己的失落感。我認識不少朋友，讀完研究所、甚至到博士才發現對所學沒興趣，最後礙於年紀只好將錯就錯，把自己的真實感受放一旁，一股腦往前衝。他們都有人人稱羨的學歷與薪水，但不見得活得比別人自在，因為都活在遺憾之中。

我問這群朋友，如果回到過去，還會做同樣的決定嗎？他們幾乎同聲說不，抱怨自己當時不夠勇敢，沒有勇氣放下包袱，只能想盡辦法說服自己活得很快樂，說服自己很愛眼前不滿意的自己。

妳擔心的執照、天分問題，只是害怕種子所結的果實，當妳被這粒惡魔蘋果砸到頭，只會氣得要把這棵樹砍掉，不會像牛頓一樣悟出真理。

套一句電影《功夫》裡的話：就算你殺了我，還有千千萬萬個我。

真正有能力的人，不是沒有害怕，而是懂得處理害怕。看似很有天分的人，都經過長年累積下來的努力，他們都具有一個共通點——全都經過啟蒙階段，可能是因為認識一個有趣的老師、一個熱血的朋友、一部感人的電影所啟發，因此埋下努力的種子。他們所追求的夢，就是想辦法讓這粒果實開花。

妳當然可以去旅行，也可能被世界啟發，但這是一體兩面的世界，一半是太陽，一半是月亮；一半是白天，一半是黑夜；一半是成功，一半是失敗。也可能旅行回來後，更加不知所措。

我直到旅行回來後才發現，只要能做一件喜歡的事，有什麼樣的結果都不要緊，重點是曾經為自己努力過。對自己誠實，問心無愧，即使蓋上棺材也能甘心瞑目，無所恨。

旅行後，妳會開始認識外面的世界，接著認識自己。妳可能會發現，那些開心活在自己土地上的人，需要的不是執照、競爭力、天分、背景，而是要有過人的勇氣去選擇所愛。如果一個人真的要有執照才有競爭力，應該只需要「勇氣執照」。

旅行結束後，從事什麼樣的工作型態其實不重要，重要的是喜歡全新的自己。如果沒有好的心態，那些看似自由業的工作者，也許比坐在辦公室的職員還辛苦，整天擔心明天的吃飯錢。

妳的害怕會幫助妳更加了解自己，重點不是讀書或工作，而是如何不再討厭明天的自己。害怕與喜歡是兩兄弟，認識害怕，就會認識喜歡。

注1：Gap Year，即「空檔年」，是西方流行的概念，指青年在畢業或工作一段時間後，利用旅行來體驗不同的生活。

約有 64,300,000 項結果 （搜尋時間：0.27 秒）

大學畢業

家庭、職場、社會都是不同的學校，我就是自己的老師。

教育，不應該鼓勵個人去附和社會，或與社會消極地和諧相處，而是要幫助個人去發現真正的價值——它是經由公正不偏的探討和自我覺悟而來。——印度哲人克里希那穆提（1895-1986）

機械系畢業的我，曾經一度責備自己，花了四年接受大學教育，畢業後不到幾天時間，馬上把所有教科書都丟了，把所學忘得一乾二淨。出社會工作所運用的知識與技能，還是高職時代殘留下來的。

理當來說，我並沒有在大學教育裡發現自己真正的價值，反倒被不少教授叮嚀

「價格」的重要。還記得大一新生面談，系主任喋喋不休的說：「你們一定要努力讀書考上機械所，才有好收入，如果沒讀到碩士，很難和人競爭。」畢業後，許多沒考到研究所的同學都重新投入考研抗戰。

從來沒有一位教授問過我們：畢業後真正想做的事？讀機械真的是興趣嗎？什麼是機械？讀機械可以改變世界嗎？

因為沒有教授問過，同學當然更沒機會一起在課堂上思考，一般人當然也不會主動思考這些問題，除非半路撞見某個貴人，願意指點迷津，或某天坐在蘋果樹下突然被蘋果砸到，否則可能一生都沒機會思考。

電影《三個傻瓜》裡有幕在學校教室上課的場景，教授問同學：「什麼是機械？」主角用自己的方式解讀機械，卻被教授罵了一頓，只是因為回答了和教授認知不一樣的答案。前陣子有位小學生在美術課畫了自己心目中的老師，卻被臭罵一頓，還上了新聞，直接反映臺灣教育的荒謬。

或許真正該教育的是老師，並非學生。到底是學生，還是教授，又或者是學校出了問題？大家吵了半天，輸家終究是學生。

離開校園後，我們該如何教育自己？是向同事、主管，還是長輩求教？假使他們不主動傳授知識，又該怎麼辦？我們唯一能做的是，身為學生就不要過於期待學校教育，如果是工作者就不要過於期待職場教育，懂得先把自己當學校，自己當老師，用最適合的方式教育自己，再開始把家庭、職場、社會當成不同的學校，向不同的老師學習。當完老師後，還要記得再重回學生身分，才不會被關在無知的象牙塔裡。

一個毫無任何特色的教師，他教育的學生不會有任何特色。——俄國教育家蘇霍姆林斯基（1918-1970）

約有　33,300,000　項結果（搜尋時間：0.28　秒）

加班

為對的工作加班，甘之如飴。

人世間痛苦的事，莫過於上班；
比上班痛苦的，莫過於天天上班；
比天天上班痛苦的，莫過於加班；
比加班痛苦的，莫過於天天加班；
比天天加班更痛苦的，莫過於天天免費加班。——佚名

某晚九點左右，我搭公車行經金陵女中，看著成群的青澀女孩踏出校門，有個女孩手中拿著書本，讀到忘我，差點被前方階梯絆倒，讓我替她捏把冷汗。大部分女

孩的臉上掛滿純真，和同學打鬧嘻笑，遇到父母來接送的，勉強擠出笑容；少部分人滿臉疲態，有些甚至像隻活殭屍，站在熱鬧的人群中動也不動，不發一語。

用樂觀的角度來解讀，加班讀書是件好事，長大出了社會反倒習慣，因為現今社會極少有不加班的工作。加班文化變成一種美德，搞得人人「日行一加」，不願意加班的年輕人，變成罪惡滔天的犯人，經常被主管打入冷宮。職場上還天天上演後宮《甄嬛傳》，看著同事互相嫉妒與暗算，原因只是沒人想失寵。

我先前兩份工作，待的都是傳統產業，公司和宮中體系相差不遠，大家像是多了一條命根子的太監，想盡辦法奪權、奪利，年輕人的善良與天真，只是前輩們茶餘飯後的話題，完全不合時宜。

第一份工作，主管告訴我：即使你業績達標，每天該做的都完成，依然不能太早下班，還是要做樣子給上面看。

第二份工作，某天晚上六點多剛下班，接到主管來電，說其他同事還在加班，為什麼我這麼早離開？我被罵得像個豬頭。有次下班手機不小心沒電，隔天主管罵我：「下班關什麼手機，越來越混了！」隔天馬上跑去買一顆行動電源，要讓手機像小七，全年無休。

主管對待員工，像是剛買回來的新車，能操到極限才是好車，最好能像跑車一樣，飆到極速依然無聲無息，想用一臺奔騰機車的價格買到法拉利，也難怪上班族經常被操到縮缸。反正便宜，壞了再買新的。

最近遇到不少朋友來信，說工作加班太頻繁，沒了生活品質，問我怎麼辦？他們不是不喜愛自己的工作，而是付出太多時間，情緒已超載，亂了手腳。旅行的確可以適度舒緩情緒，但不能剷除根源，最終還是要回到自身，做出改變，否則只是拖延問題。

加班到底好不好？我不知道。但生活不開心，必然要做些調整。生活出了問題，肯定無法靜下心享受工作與旅行，更不可能因此好好談一段感情或陪伴家人，因為人生是一場兩人三腳的遊戲，要找到最適合的移動頻率，才會越走越順，越走越久。千萬別把自身的加班壓力，投射在親人身上。

為對的工作加班，甘之如飴；為不對的工作加班，悔之無及。

幸福存在於一個人真正的工作中。——古羅馬皇帝馬可．奧里略（121-180）

約有 59,400,000 項結果（搜尋時間：0.33 秒）

失業

可以失業，不能失志。

剛退伍那年，整整一年沒做正經事，大言不慚的向外界說要尋找自我，跑去上職涯規畫課程、華語師資認證、電影製片班，平常沒事就窩圖書館看雜誌。我喜歡文化產業，嘗試把興趣結合工作，沒錢時就跑去資訊展打工，拉客買電腦，還跑去跟拍電影，當了幾個星期的美術組助理。

一年後，一位機械系畢業生想要投入文化產業的實驗宣告失敗。

接著我開始求職，過程更是精彩，因為喜歡閱讀而跑去教科書出版社當業務，做了一個月一本也沒賣出去，憤而離開，接下來的電器行業務又只待了一天。失業的日子，天天上網投履歷，反倒變成正職。每天起床第一件事就是打開電子信箱，乞求應徵公司有所回應，但往往主動回應的都是保險業、房仲，不然就是一些奇怪的公司。當你努力上網想了解公司在做什麼，這些奇怪的公司也努力不讓求職者知道它們在幹嘛。

和一堆怪公司來回周旋已經夠折騰了，還要等著剛面試完的公司回應，並等待理想公司的面試通知，往往搞得身心俱疲。更慘的是，每天都要面對父母擔憂的臉，即使再有良心，也會感到不安。內憂外患之下，自信心大受影響，負面能量如泉水般湧出，沒了自信，沒了自尊，只有滿出來的自卑。

當失業的時間軸拉長，負面情緒隨之拉長，動盪幅度也越大。你可能會開始接受自己沒能力、學歷不好，甚至誤以為長相比別人醜才失業，慢慢失去對自己的信任。更糟的是，明明就沒有信心，卻要裝得信心滿滿四處面試。

有次父母對我說：「外面職缺這麼多，為何就不先安分點找個工作？」過年給阿嬤拜年，開口不是恭喜發財，卻是：「你要不要去當郵差，或考個公務人員？」當時腦中閃過的第一個畫面是電影《海角七號》中，阿嘉在臺北砸吉他的畫面。

一個人的失業，變成整個家族最重要的大事，是全天下最無奈的事。

我天天質疑自己，這樣無謂的堅持，到底是為了什麼？為何要固執於找一份喜歡的工作？現在我才知道，不應該過於眷戀某個職缺或產業，而是要去思考眼前的工作是否能讓自身價值極大化。以前總認為只有文化產業工作者才有創意與熱情，深入了解後，發現許多文化產業工作者不一定擁有創意與生命力，有些人也只為了混口飯吃。

難道不投入文化產業就不能擁有熱情嗎？我反問自己。藉由閱讀，我發現不同領域的工作者，同樣有人充滿活力與熱情，不會被某個職位或身分所局限。

如果可以重回二十五歲，讓我重新求職，我不會再選擇大公司或高收入的職位，而會思考什麼樣的位置可以讓我付出最多？眼前的工作能不能讓我更樂於付出自己？我應該關心如何付出更多，而不是擔心怎樣才有好收入。那些耳熟能詳的成功者，都在努力找到對的位置。

倘若你正在失業，請不要灰心，求職的不順利並不表示人生失敗。成功的人往往都比別人晚一步放棄，最重要的是他們都樂於付出。

只要你願意付出，每個都是好工作。

約有 145,000,000 項結果（搜尋時間：0.25 秒）

效率

喜歡生活，工作就有效率。

效率是把事情做對，效能則是做對的事。在效率與效能無法兼得時，我們首先應著眼於效能，然後再設法提高效率。——管理大師彼得．杜拉克（1909-2005）

有天，哥哥突然問我：寫一本書要多少時間？

我說不一定，有時需要培養靈感，思考寫作方向，他邊嘆氣邊搖頭說，這樣太沒效率。我勉強說一年大約可以寫兩本，他的腦袋像計算機般開始運算。接著問我：寫一本書可以賺多少錢？

我說不一定，賣得好與不好，不是作者單方面能控制。他說如果一年兩本書的收入沒有超過前一份工作，投資報酬率就是失敗，應該檢討該如何提高效率。

哥哥是典型工程師背景出身，把實驗室態度原封不動的帶入生活中，字典首頁就是紀律與效率。同樣工程背景的我，切換他能聽懂的科學語言，大約提出一些數字證據，解釋一年收入能達到多少，他點點頭，可能已達心中標準，最後接受寫作這事可繼續執行。

要是以前，肯定起衝突，為何要追問一個不明確的事情，不能支持就好嗎？最後兩人吵得不可開交。雖然希望他人關心的是寫作帶來多少喜悅，但又無法以實際數字計算，總不能說，寫作會帶給我一百分的喜悅感，最後收入養不活自己，沒人能接受這麼任性的三十歲男孩吧？

我必須承認，目前不知道一直寫下去，能否把事情做對，達到效率。但自己確信絕對有效能，因為越寫越開心，越喜歡這樣的生活。

如果把管理學運用在生活中，無法兼得效率與效能時，至少要先相信自己即將做對的事，即使被質疑，也不能動搖，接著從行動中學習，錯了再修正，慢慢找出最佳效率。既沒效率也沒效能，肯定裹足不前，生活也隨之倦怠。

喜歡生活的人，工作通常很有效率；工作有效率的人，不一定很喜歡生活。

效能這件事，不是別人說了算，只能問自己，該怎麼找？往心裡找就對了，如果做一件事會產生戀愛的感覺，就是對的事。就像陷入戀情的人，不知該用何種方式追求對方，經常用錯誤的方式表達，變得笨手笨腳，完全沒效率，但卻非常有效能，滿腦子都是對方，照個鏡子也想到他。你愛對方，肯定是對，要否認他的存在也難，最終能不能追求成功，還是要靠效率，把對方喜歡的事做對做好，自然情投意合；不合，硬要做對，只能同床異夢。

下一次，當你正在做一件重要的事之前，先問是否有效能，再談效率！

如果有什麼需要明天做的事，最好現在就開始。——美國政治家班傑明．富蘭克林（1706-1790）

專業

不用比別人多，但要比別人快樂。

父母曾質疑我，不去外面工作又該如何培養專業能力？

我不知如何開口，整天待在電腦桌前寫文字，算是一種專業嗎？做一件事無法提供穩定收入，對父母而言只能算是一項興趣。我習慣自嘲要適應一段沒有薪水的空窗期，彷彿變成另一項專長。

什麼是專業？投入一件事，除了得到合理酬勞，還能樂於付出，這才叫專業。可能有人會質疑，如果一位銀行行員很會處理行政，但又不討厭這工作，這樣算專業嗎？正確一點來說這叫技能，還稱不上專業。好比人人都會吃飯，但吃飯並不是一項專業，如果你可以透過享受吃飯的感覺，進而轉化成一種文字或藝術作品，產生某種經濟效益，並且樂於分享這股喜悅，那就算是專業。

我曾經在印度孟買的維多利亞火車站，看見整排皮鞋匠在拚命搶客人，努力幫西裝筆挺的上班族服務。某次，我觀察到有位年紀十多歲的鞋匠被孤立在角落，只要他一上前招攬客人，就會被其他同行圍剿，他卻沒有因此放棄，趁同行在忙碌時偷偷拉客。我觀察所有鞋匠服務時幾乎都面無表情，甚至還沒擦完眼前的客人，就急著拉其他客人，只有那位十多歲的鞋匠臉上充滿喜悅，還會和客人談天說地，有些人因此多給了小費。

小鞋匠的收入不一定高於其他人，重要的是他得到更多金錢以外的快樂。他善用自己的專業，提供客人服務又可以滿足自己，未來可能因此開一間擦皮鞋店，或許成為跨國連鎖企業。只要他願意開發自己的專業能力，樂於付出，沒有什麼是不可能的。

不知道該如何獲得專業？「不知道」也是另一種知道，最怕的是你自以為知道，卻「不知道」。

蘇格拉底說：「智慧是來自於體悟自己的無知。」正因為你不知道、不懂，才更願意放下身段，用謙虛的態度學習新知；那些自以為知道、比別人高一等的人，往往剛愎自用，導致減少求知的欲望。

沒有人生下來就莫名其妙會有專業能力，有些人透過父母的教育或是一個朋友、一本書、一部電影、一首音樂才發現。不要放過任何一個可能發掘專長的機會，只要勇於嘗試，肯定能找到。

剛開始不用顧忌太多，先去喜歡某種單純的美好感受，比如看到某種動物、幫助某些人、做了某些事，去做會使你開心的事，問問周遭朋友如何培養專業能力？如何利用專業做更多事？

接下來，可能會因為有了某項專業，接著做更多事。例如，旅行本身不是一項專業，除非你能利用旅行得到某個想法，再套入商業運作模式獲利，否則只是一個興趣。寂寞星球出版社創辦人喜歡旅行，再利用他在商學院學到的商業知識，兩者結合後才能稱為專業。

你的勇於嘗試可能會讓A＋B＝Z，這個Z可能就是你的專業。當然，最重要的還是別害怕失敗。人生沒有失敗，成功就不光榮了。

所謂的專業不是賺得比別人多，而是做起來比別人快樂。

約有 28,200,000 項結果（搜尋時間：0.12 秒）

求職

真面目即使危險，至少是真實的。

大人會鼓勵你嘗試，但不會希望你一直換工作。

最近遇到一些年輕朋友來信，詢問如何找到適合自己的工作？這是一個非常有趣的問題，現在我也經常思考。

從他們的文字中，能感受出被臺灣的無形壓力掐得喘不過氣，可能來自父母、朋友、雜誌媒體、網路。尤其當自己正在驚慌失措，看見身旁的朋友都活得開開心心，還會責備自己是不是有病，沒事折磨自己做什麼。

不可否認，大家口口聲聲說希望找到適合的工作、適合的另一半，適合的生活方式。但如果你喜歡眼前的工作，卻沒有足夠的金錢滿足你，也會覺得不適合自己；

如果你很愛眼前的另一半，但他沒有足夠的金錢滿足你，你也會擔心對方是否適合你；或者喜歡眼前的生活，但沒有足夠的金錢，也還是會覺得不適合自己，因為根本活得沒有安全感。

即使全部擁有，如果沒有足夠的金錢，還是不會有安全感，因為大家把安全感依附在金錢之上，就像旅行，很多人會怕自己沒錢所以遲遲無法出走，感情也不例外。男人怕沒錢，所以不敢結婚，好笑的是，早一輩的窮男人，沒錢還是敢娶，他們關心的是愛與不愛，不是婚禮場面大或小。

年輕人根本不窮，因為年輕是最大的資產，但我們卻認為沒錢只會破產，其實真正會破產的是那些早已絕望的人。

如果世界少了資本主義，每份工作收入一樣，你還有辦法判斷一份工作的好與壞嗎？還會關心工作適不適合自己嗎？

我們之所以害怕找不到適合的工作，是因為沒有足夠的勇氣承擔失敗的結果；因為怕年紀越大，沒有錢無法成家；因為怕別人收入比自己高，自己像輸家。

因為太害怕，所以更焦慮。

我不是成功的工作者，無法論定什麼樣的工作適合你，我也不是成功的旅行者，但旅行卻教會我，無論一個地方有多危險，多恐怖，不去，永遠不知道它的真面目；去了，即使真面目很危險，至少是真實的。

工作也一樣，你很害怕，因為工作是真實的，但如果什麼都不做，不去改變，只能永遠活在幻想的恐懼中。

你該害怕的不是一份工作適不適合，而是敢不敢挑戰眼前的邪惡規則。望遠鏡可以望見遠的目標，卻不能代替你走半步。

約有 7,320,000 項結果（搜尋時間：0.30 秒）

轉職

轉職前，先轉腦袋。

最近巧逢轉職旺季，身旁朋友也正考慮要換新工作或離職旅行，理由不外乎，工作不感興趣、工作時數太長、職場人際關係不合……我有點訝異竟然沒有人抱怨薪水問題，似乎大家都不像媒體所報導的唯利是圖。

我也曾被推上人生二擇一的殘酷舞臺，遇到正在煩惱的朋友，特別能感同深受。不少日子下來，看著許多人轉職，與他們聊完後，所有人關心的都是「想找到一份感興趣的工作」。我也試著把大家的經驗整理起來，列出三點，希望大家找到全世界最有興趣的工作。

第一，想想小時候最喜歡做什麼。我小時候喜歡冒險，好奇去漬油點火會燃燒嗎？趁著家人出門，左拿去漬油，右拿打火機，跑到陽臺實驗成功後，燃燒的液體還不小心滴到樓下鄰居的陽臺上；好奇女生裙子底下藏了什麼東西，拿著掃把偷掀女同學的裙子；好奇不讀書的小孩會怎麼樣，所以從小不愛讀書；好奇心最後都會讓我被家人打個半死，難怪有人說：「好奇心足以殺死人」！

第二，自己羨慕什麼。雖然不鼓勵羨慕他人，因為每個人都是獨一無二的。但羨慕是另一種渴望形式的表現，人都是藉由渴望而改變，渴望錢，渴望美麗，渴望成功，渴望如同「改變」的助燃物質。我喜歡電影，它能帶給我自由，尤其是看到主角做了一件自己不敢做的事，這種思維上的高潮，難以用言語來形容。電影《班傑明的奇幻旅程》，男主角花了一輩子的時間在冒險，在戀愛，在探索，在旅行。電影故事往往是虛構的，但我羨慕主角，希望成為他，希望有天也能虛構自己的冒險人生故事。

第三，會被什麼樣的工作吸引。當你正在做一件不求回報的事，這件事肯定重要，要用盡全力把握住。眾所皆知的就是戀愛，當你愛上一個能吸引你的人，會迷了魂，會失了心，會無所謂，會願意為愛情奮不顧身，不求任何回報。當你愛上一份工作，同樣會產生戀愛感，享受到工作的樂趣。曾經因為喜歡閱讀，嚮往老子在守藏史（圖書館）待上一輩子；因為喜歡人，而被業務工作吸引；因為喜歡創造，而被文字工作吸引；因為喜歡移動，而出門旅行。

我因為好奇，因為羨慕自由，因為渴望創造，所以最後選擇文字工作，希望在文字的堆疊中找到自己。

你正打算轉職嗎？請先轉個腦袋吧！

約有 1,030,000 項結果（搜尋時間：0.20 秒）

草莓族

用打不死的精神，創造理想工作。

對一位大學剛畢業的年輕人而言，在校園接受將近二十年的教育，如果說純粹只為了追求知識，顯得有點矯情。簡單來說這幾千個日子裡，為的就是能順利接上社會軌道，全心投入工作，用各種形式的付出換取一份合理報酬，再完美一點，最後能實踐心中理想。

受整個臺灣產業結構專業分工的影響，工作職缺偏向業務、工程師、百貨餐飲服務等。這些工作經常需要投入過量的時間，當一個人不願意服從時，就會被冠上「草莓族」的稱號。對於有創造力的年輕人來說，工作後如果發現自己比較喜歡其他的職業類別，可能會缺少勇氣轉職，甚至不得其門而入，當然也包含收入上的因素。好比喜歡文化藝術相關工作的人，經常有一餐沒一餐，導致這些人常為了填飽肚子，被逼從事一個和自己興趣毫無關聯的工作。除非個性叛逆，能不斷嘗試、挑戰各種不滿意的工作，否則要找到一份能一輩子開心付出的工作，根本是天方夜譚。

有一位朋友，為了找尋符合興趣的工作，投入不少時間與勇氣，不斷探索理想工作。大學剛考上哲學系的他，很快就知道沒興趣，大二立刻轉風險管理與保險系，畢業後又發現不感興趣，因此投入活動策展公司工作兩年。有天意識到自己壓抑不住對藝術的喜愛，馬上離職尋覓相關工作，做不到一年，驚覺自己對藝術知識的不熟悉，二度離職跑到英國讀藝術管理所。回國後，為了發揮興趣與所學，花了不少時間才找到工作，之後進入畫廊。

浸泡到藝廊管理的染缸裡，因為過於透支處理人際關係，再次發現並非理想工作，三度離職後進入藝術雜誌投入編譯，蒐集世界上所有當代藝術訊息，分享給臺灣朋友。最近聽說又要換更適合自己的工作環境。

對藝術而言，我是門外漢，我們每次相聚，聊的都是如何找到理想職業，分享彼此的喜悅，期待對方找到理想工作。我們就像被引進臺灣的普悠瑪號特快車，剛運來時無法進入臺灣狹窄的月臺，經過不少時間敲打與檢測，才開始順利進站。

臺灣社會從不鼓勵年輕人一直換工作，但真的做了一份無法開心的工作，又該怎麼辦？到底要找理想工作，還是要找有理想情緒的工作呢？似乎人們也從不關心。

總之，在臺灣想投入理想工作，不能等待，只能創造，還要發揮打不死的精神才可以！

約有 5,070,000 項結果（搜尋時間：0.25 秒）

買房

為生活而買房，不為買房而生活。

大多數人似乎從未思考過，房屋究竟是做什麼用的。因為他們覺得自己必須要有一棟和鄰居一樣的房屋，所以終其一生，雖然沒有必要，事實上都在痛苦想著。彷彿只因買不起皇冠，便開始埋怨起日子的艱苦了。——美國思想家梭羅（1817-1862）

我一直從未仔細思考擁有一間房子的重要性，可能這個問題過於龐大又複雜。每當想到要在臺北花一輩子的光陰工作，換取由一堆磚塊砌成的石籠子才能換來棲身之所，運氣不好還會債留子孫，就會莫名害怕，所以刻意迴避心中恐懼。猜想有人會批評我：逃避、不在乎家人，結婚以後怎麼辦？我並非不想面對，而是思考真有必要為了住在都市叢林，辛苦工作一輩子嗎？

如果說人類住在屋裡是為了一處溫暖或舒服的地方，先有身體上的溫暖，再來是親情上的溫暖，我懷疑活在文明都市工作到半死不活的夫妻，下班回到美麗城堡，是否還有餘力享受房子裡的親情溫暖？

有些朋友結了婚，有了孩子，擁有房子的人卻微乎其微，大部分的人為高漲的房價感到無力，退而求其次的人只好到二線城市落腳，依然避免不了每天交通往返的折騰。職場上的疲倦、房貸壓力、小孩的費用，雙薪家庭的父母辛苦工作回到家，很少會有好臉色，更別說要感受親情溫暖，情緒不要著火就要偷笑了。

我曾經到雲南的香格里拉，看到村落中的藏人蓋房子，好奇一問才知道，在西藏蓋屋，左右鄰居與好友都會無償協助。今天有人家要蓋房子，鄰居好友彼此就一起去幫忙；哪天你家要蓋房子，大家再一起過去幫忙。兩層樓的房子蓋上幾年，是再正常不過的。這種同心協力蓋出來的房子，屋子更顯人情味；反觀都市大樓，像個冰冷的櫃子，可能連鄰居主人死了幾天後，才知道出事。

可見都市人不比鄉村人更懂得享受住房樂趣。

美國思想家梭羅在一八四五年離開都市，去鄉下的瓦爾登湖過著自給自足的孤獨生活長達兩年，最後依然回到都市。他不反對都市，也不完全接受自然，而是選擇結合自然與文化的田園生活。他的作品《論公民的不服從》甚至影響印度聖雄甘地去爭取獨立。梭羅說：

在野蠻社會中，每個家庭都有自己的錢窩銀窩的住所，足以維持簡陋的需要；可是，雖然狐狸有洞，飛鳥有巢，野人有「房屋」，但現代化的文明社會裡，卻有一半的家庭沒有自己的住所。野人擁有自己的住所，因為搭蓋起來花費不多，而文明人租屋而居，通常是因為擁有不起。

文化雖然改進了房屋，卻沒能同等地改進居住在房屋裡面的人。大部分的奢侈品和所謂的舒適生活，不僅可有可無，甚至可能會阻礙人類昇華。

活在一百六十年前，梭羅提出的問題至今依舊存在。

也許有人會說，為了家庭的教育所以住在都市。但為了家庭，更不能住在都市，這樣就沒時間陪家人，只能陪都市叢林裡的猴子玩耍。

我們到底是為了生活而買房，還是為了買房而生活？最後大家只關心房子的價格，並不思考房子所帶來的真正價值。

現在的人類，已變成了他們自己工具的工具了。原先飢餓隨意採食果實的人，如今穿上制服上班去；原先站在樹下以求遮掩的人，如今變成了守屋人。我們不再為一宿而縈營，我們早已安頓在人間而仰望天上。——梭羅

犯錯

犯錯不可怕，一再犯錯才可怕。

人一生中可能犯的最大錯誤，就是經常擔心犯錯。

某日和一位大學學長碰面，他有豐富的工作經驗，馬上向他請教年輕人在職場上該如何成功，他不吝嗇的分享親身經歷。

他曾投入銀行業，隸屬企業融資部門，要自行開發客戶，卻碰到金融海嘯，業界老闆沒人敢增資，可想而知新客戶開發的困難度。

當時他的一位同期伙伴，兩人個性不同，使用不同的工作策略好提升業績。他的伙伴擔心在客戶面前一問三不知，決定前三個月乖乖呆在公司研讀產品內容，先閉門造車，不要到時在客戶面前出糗。學長雖然不熟悉產品內容，還是決定親自到客戶面前，臨陣磨槍不亮也光，他認為趁早犯錯才能藉此從錯誤中學習。

過了半年，學長雖然才成交兩件案子，已經磨得一身功夫，而他的伙伴處於最佳狀態，一直沒犯錯，應該說根本不給自己機會犯錯，顯得越來越沒信心，最後兩人業績天差地遠。

我頓時想起過去害怕犯錯的模樣，每天戰戰兢兢，在公司面對主管怕犯錯，在外面對客戶怕犯錯，在家面對自己也怕犯錯，到頭來才發現自己一直犯同樣的錯；談戀愛時，因為被某些女生拒絕，從此遇到同類型女生就擔心，不敢大方告白，寧願單戀也不要被拒絕；旅行時也不例外，有次在火車上被陌生人騙錢，從此就對陌生人沒有好感，這樣的防備心，其實也是在犯錯，錯失了認識新朋友的機會。

學長用認真的表情說：工作就是從錯誤中學習！但隨著職位越高，犯錯的頻率要更小，當小職員可以犯一百個錯，主管卻經常不被允許犯錯。為何有人升官像爬樓梯，有人卻像爬樹般困難？因為前者不會再重複前面九十九個錯！在職場上，當你意識到自己錯了，那麼你還是對的；如果你繼續犯錯，那就錯不可恕了。

犯錯這件事，到底是毒藥還是良藥？全看自己如何解讀，如果一輩子都怕它，永遠是毒藥。

我最信奉的是員工力量。我相信如果他們犯了錯，應該讓他們明白這並不會導致惡果。真正能夠導致惡果的，是犯了錯卻竭力加以掩蓋。如果員工不願意犯錯，他們永遠不可能做出正確的決策。另一方面，如果他們總是犯錯，你就應該讓他們去為你的競爭對手工作。——花旗集團經營格言

約有 81,000,000 項結果（搜尋時間：0.33 秒）

窮

貧窮的體驗，富裕的思維。

貧窮本身並不可怕，可怕的是自以為命中注定貧窮，或一定老死於貧窮的思想。——美國政治家班傑明．富蘭克林（1706-1790）

有次收到社會局來信，希望我能幫忙向一群低收入戶的年輕人分享旅行，給他們勇氣追夢。

起初猶豫，不知該不該鼓勵經濟狀況不好的年輕人出走，這行為看似不負責任，又有些不道德。思考幾天後，決定接下這份邀請，希望帶給他們另一個世界的樣貌與思維，而非盲目贊同旅行。如果他們不多培養富裕思維，可能會自認貧窮的度過一生。

活動當天，學員介於十五至十八歲左右，大家看似疲倦，一問之下才知道，許多人早已在外打工，幫忙家裡貼補家計。上臺後的氣氛，能感覺出百分之八十的學員對旅行的主題不抱太多興趣，整個教室氛圍比喪禮還凝重，臺下很多人在玩手機，或者眼神放空。

我試圖挽回大家的專注力。中場休息後，我請工作人員發給學員兩張地圖，一張是臺灣，另一張是全世界。先請學員在臺灣地圖上圈出想要去的地方，思考要怎麼前往；接著再請他們在世界地圖上圈出想要去的國家，再次思考怎麼前往。

我發現，有些人甚至連想要去的國家位於地圖上的哪裡都不知道，也有人以為搭飛機出國要花上好幾捆鈔票。從他們的熱情互動中，不難看出好奇並想探索世界的心。有些人原本神情僵硬，臉上也漸漸展開笑容，旅行的力量就是如此神奇，可以打開每個人的純真心房。

我想讓這群年輕人去喜歡一件事，認真去做一件自己喜歡的事，藉由喜歡與行動，反觀自己並不貧窮，真正貧窮的往往是那些不行動的人。貧窮不會磨滅一個人高貴的品德，反而是富貴讓人喪失了志氣。

我不想歌頌花小錢就可以出國，因為一個乞丐拚了命飛到國外，只會變成外國來的乞丐。唯有先建立富裕思維，接納貧窮也可以帶來生命體驗，改變自己，否則很難擺脫貧窮。

不敢說自己有多富裕或多貧窮，至少喜歡現在的自己。如果不曾飛到遠方經歷真正的貧窮，或許現在只是一個不快樂的乞丐。

有些朋友會問：為何有人明明沒賺多少錢，卻還是選擇出國窮遊？幹嘛出國折磨自己，不把錢存起來？

我曾經聽過一則故事，我想這就是最好的答案。

有戶住在陽明山附近的有錢人家，家中僅有一個獨子，父親利用小孩暑假期間，帶著全家人到東南亞的貧窮國家旅行。因為他想要小孩子知道什麼叫做「窮」，所以特別帶他去落後的農村，要他親身體驗窮人的生活。

他們在一個很窮的農家住了三天，看著農家的孩子負責餵養家畜，還要負責打掃牛棚裡的糞便。傍晚時分，農村裡的人都會到附近的小溪洗澡；因為全村只靠一臺發電機，晚上必須停止休息，所以晚上九點以後沒電沒燈，所有人只能靠一盞小蠟燭，聚在伸手不見五指的黑夜聊天。

當他們結束三天的窮困旅行後，爸爸問孩子：「你覺得這趟旅程如何？」

孩子說：「很好啊，我覺得感觸很深！」

爸爸說：「你終於見識到真正的窮人生活吧？」

「是啊！」孩子點點頭。

「那你說說，到底看到了什麼？」爸爸問。

孩子說：「我終於見識到我們家到底有多窮了。」

爸爸很驚訝的追問，孩子繼續說：「我們只有一隻狗，他們卻有好幾頭高大的牛，在他們小孩的指揮下，又聽話，又懂事，當他們家的小孩真威風！」

「我們家房子的庭院看似很大，但他們卻有整個天地山頭。」

「我們只有一個游泳池，還要花錢請人打掃；但他們卻有一整條沒有盡頭的溪流，他們還可以一群人每天玩水仗，我們家卻只有我一個人游泳。」

「還有，我們家的花園布置了一堆刺眼的燈飾；他們卻有滿天耀眼的星星，他們每天晚上都可以一群人在門口聊天，我們家卻沒有人跟我聊天。」

孩子這番結論，讓那位富有的父親無言以對。

故事說完了，你現在還會覺得窮遊是在折磨自己嗎？

我曾經遇到一位要徒步旅行的朋友，被家人反對，要求他把旅行的錢存下來買房子，雙方因為家人的保守觀念，經常起衝突。我告訴這位朋友，下次可以這麼和家人說：「即使買了一間房子，也容不下一位旅人寬廣的心。很多東西是花錢也得不到的，好比黑夜的星空、深山的蟲鳴、山谷裡的微風。」

富有與貧窮，絕不是用物質生活來判斷的，是要有愛、有朋友、有家庭、有健康，時時刻刻珍惜當下的自己，能懷抱樂觀態度的人，就是全世界最富有的人！

約有 498,000,000 項結果（搜尋時間：0.36 秒）

擁有

適度遺忘，才能珍惜所有。

獲致幸福的不二法門是珍視你所擁有的、遺忘你所沒有的。——佚名

不可否認，活到三十歲這個年紀，依然不斷想要擁有身上所沒有的，可能是曾經從事業務工作，受社會荼毒太深，主管曾耳提面命教訓我：「你要知道自己想擁有什麼，身上缺少什麼，應該要有人生願景！」

主管鼓勵我要創造欲望，尤其是往上爬、賺錢的欲望，這正是一個菜鳥業務所缺乏的。當時我莫名難過，因為要在職場成功，沒有這些欲望，就會被冠上不合格業務的帽子。環顧四周老前輩，不少人都是依循這樣的職場公式而成功。

在臺灣，就像活在一個大型老鼠會，有人會教你如何巧妙運用人際關係，努力往金字塔頂層爬，灌輸你不這樣做就會失敗，要我們活在創造成功欲望的迴圈中。

幾次演講下來，發現有些聽眾喜歡被講者鼓勵，希望講者告訴他旅行是一件熱血又成功的行為。通常這樣的方式，絕對不會冷場，也極受聽眾歡迎，彷彿電影《沒問題先生》（YES MAN）的男主角聽了一場激勵大師的課程般，大家喜歡聽一場值回票價的演講。

如果尚未讓聽眾了解旅行的本質與價值，我只是老鼠會主席，把旅行包裝成另一種追求欲望的商品，灌輸大家「買了它，就會成功」的觀念。等聽眾旅行完後一無所獲，我甚至可以批評，說他們在旅行路上不夠努力學習新知。無論如何，我都站在絕對優勢，理由就是我旅行過，還有一堆信眾支持我。

於是成功者導向的臺灣金字塔社會慢慢浮現，讀書、工作、旅行、夢想，都只是換了一層美麗糖衣來包裝幸福感，被迫伸手要，如果要不到，心中馬上跑出一股聲音：不讀書就會不幸福，不工作就會不幸福，不旅行就會不幸福，沒有夢想就會不幸福。

很多人都以為工作是不斷擁有，導致很多沒工作的人不安；以為旅行是擁有，導致很多沒去旅行的人不安；以為夢想是擁有，導致很多沒有偉大夢想的人不安……全是因為別人有，而你沒有，才會製造一堆不安。

我認識不少年輕人，他們都在學習遺忘，讓自己忘掉失敗，忘掉難過，忘掉自己所沒有的，之後心中才有更多空間放進成功，放進喜悅，放進自己所擁有的。有了這些力量後，才能不斷努力，接著工作；才能不斷出走，接著回家；才能伸出雙手，接著拉起別人。

適度的遺忘，忘掉煩惱，忘掉難過，忘掉欲望，說不定才能珍惜已經擁有的東西。人最大的煩惱就是記性太好。

約有 3,800,000 項結果 （搜尋時間：0.23 秒）

活在當下

有了當下，才算活著。

過去一直去，未來一直來，能把握的只有這一個剎那。——作家泰迪

石頭似旅行，湖面如人生，我使勁抬了一塊石頭丟入寧靜湖面，水波的漣漪超出預期，讓我回來後不斷思索許多問題。

何謂生存，何謂生活，過去的我到底處在何種狀態？如果這一年的旅行僅是讓我從苦悶的日子中生存下來，接下來又該如何生活？

何謂方向，何謂志向，過去的我到底處在何種狀態？如果這一年的旅行僅是讓我從不顧一切的前進中尋找方向，接下來的志向呢？

何謂失敗，何謂成功，過去的我到底處在何種狀態？如果這一年的旅行僅是讓我跌入失敗的深淵，接下來又該如何尋找成功？

我試圖給旅行畫下句點，但悟性不夠且愚昧，幾百天的日子下來，始終百思不得其解，直到最近找到一些線索……

原來是我太執著尋找「答案結果」，忘了最重要的「實踐過程」。

即使花了一輩子去定義何謂生存、生活、方向、志向、失敗、成功，那又如何？還不是一樣要過日子？整天待在房間著急，答案也不會憑空冒出。

如何活在當下？

有天，我搭上一輛公車，沒有乘客，沒有擁擠，沒有吵鬧，專心看著窗外移動的景色，聽著車廂內的寧靜，開始懂得當一位稱職的乘客。

有天，一群朋友聊天，只有熱鬧，只有歡笑，只有分享，專心看著朋友的表情，聽著故事中的感動，開始懂得當一位稱職的朋友。

有天，和哥哥一起用餐，有爭吵，有不合，有憤怒，專心體會他的情緒，想著自己的缺點，開始知道自己是位不稱職的弟弟。

有天，坐在電腦前寫字，還有煩心，還有害怕，還有焦躁，專心傾聽恐懼，想著創作過程中的不安，開始知道自己是位不稱職的創作者。

有時，我是乘客，我是朋友，我是弟弟，我是創作者，我開始懂得把自身拉回現實，把每個角色調整好，做好當下的自己。

我曾在印度遇見一位六十多歲的靈修老人，習慣盤腿坐在房門前靜思。當時我對人生的不明確感到焦慮，又苦於找不出根源，有天我請教他原因。

老人笑笑說：「因為你沒活在當下。」

我心想，都已經拚了命出來旅行，這樣還不算活在當下？

他接著問：「你覺得現在自己在哪裡？」

「在印度？」

「不，你在我面前！」

因為太過於哲學，當下不懂，直到最近才漸漸體會這句話的奧妙。

以前不懂事，當學生時老想賺錢，賺錢後老想旅行，旅行後老想賺錢，一直沒有在適當的時間扮演好應盡的角色。今天賺十元，心中卻想著明天要賺一百元；今天放假，心中卻想著明天的工作；今天做一件事，心中卻想著還沒完成的事。

原來一直活在過去與未來，忘了活在當下。

如果問我要如何活在當下？我想應該是，搭車時專心搭車，用餐時專心用餐，聊天時專心聊天，吵架時專心吵架，想哭時專心哭，想笑時專心笑，專心於眼前的事物。

有了當下，才算活著。

如果想成功，不要去想成功這件事，只要活在當下就是成功。

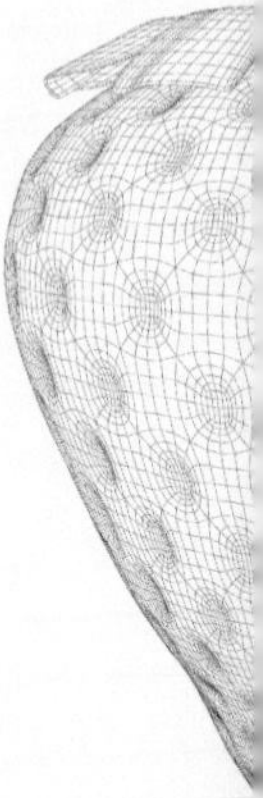

第二章——

CHAPTER 2

新人際

世界人口已經超過七十億了，
即使再努力交新朋友，頂多不過幾千人，
而這之中，又有幾個能好好坐下聊聊？

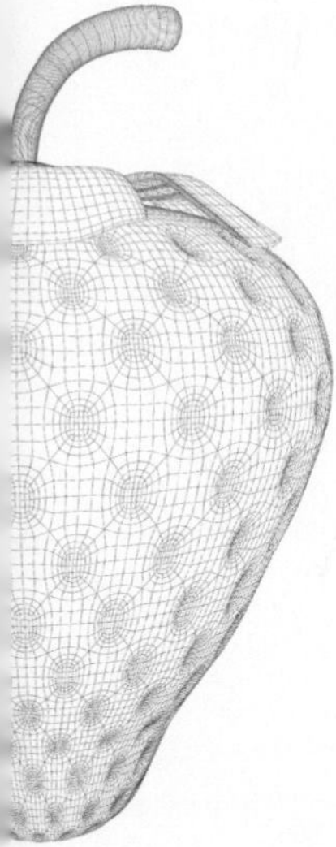

約有 2,730,000,000 項結果（搜尋時間：0.18 秒）

家

當個孝順的壞孩子，找到回家的路。

敢問你，一直叫人往外跑，不想當那個坐在狹隘辦公室一輩子的人，有沒有想過，其實有些事情自己不能選擇？或許你家境好，父母不用你養活，又或許，你自豪的旅行費是省吃儉用自己打工來的，但家中父母在你當了背包客以後，年老不能工作時又要如何過活呢？

過了幾天，才敢回信給這位讀者，因為這事太晦澀、太尖銳、太嚴肅，不知該討論旅行？還是孝順？如果這種狀況出現在歐美國家，會是問題嗎？

家住小學旁的我，除了可以每天定時聽見上課鐘聲，早晨散步會看見一群辛苦匆忙的父母，載著心肝寶貝到校；放學後，又會看見一群臉上略顯疲態的父母，等待接送孩子。

每晚搭公車回家時，晚上九點多，看見補習班大門，母雞苦守門口，接送小雞回家。某次晚上十一點多，有位爸爸坐在機車上、站牌下苦等，公車上有位年輕人正是他的孩子，下車後的年輕人跳上機車，一臉不悅，父子不發一語，兩人就這樣移動，往另一方消失。

自從能獨立移動後，極少讓父母護送，更別談與父母出遊、逛街，感覺這是一件很落伍的事。習慣一個人移動後，孤單也就習慣我，漸漸忘了父母存在的意義。要比不孝，我肯定拿第一。離家出走回家後，看著父母不堪用的驅體，白髮戰勝黑髮，皺紋像海浪在臉皮面上起作用，才發現父母真的老了，很難想像幾十年前的父親還是個強壯的年輕人，可以任性的跳到他的背上耍賴。

一向以為記憶是包袱，出走是為了丟下包袱。當有人問我，出走時有想家嗎？我敢直截了當的說：「沒有！」其實心底很怕，怕認真想起來，就不敢往前走了。

我的家，有太多不確定因素存在其中，有不確定的父母關係，有不確定的孩子情緒，有不確定的經濟問題，放下是最不費力氣的，所以我選擇放下。代價是，換來許多良心上的不安。

認真往心底挖掘時，不安，有好有壞。好的是，保護我以免陷入危險；壞的是，容易陷入保護自己的危險。兩方經常拉扯，搞得我情緒緊繃，最後決定接受一切，讓腦中兩個不聽話的小孩握手言和。

情緒緩和後才發現，焦慮是因為太在乎家人，因為怕失去親人。如果再像以前過度叛逆，只會加快失去他們的速度，因此打算「適度的叛逆」，做任何決定之前，都會詢問家人意見，會想盡辦法減少親子間的衝突。

父母的嘮叨之所以會隨著年紀增加，是因為他們的肩膀快要退休了，更期待孩子的肩膀硬起來，才有力氣扛起另一個家。

有些年輕人會苦惱父母不贊同追夢，我鼓勵他們一定要和父母溝通，這是追夢前的課題之一。雖然還是有拒絕溝通的父母，但他們都是出於害怕而過度保護小孩，這時小孩該怎麼辦？此刻的小孩要比父母更有肩膀、更勇敢、更負責，父母才會更勇敢。如果小孩心中只有害怕，父母也只有擔憂。

孝順這件事，是一家人的事，父母和小孩應該不斷溝通與成長。如果只為了當乖孩子而勉強盡孝順之義務，父母不見得會開心，不如當個孝順一點的壞孩子，說不

約有 1,250,000,000 項結果（搜尋時間：0.31 秒）

支持

有自信完成，自然能得到支持。

某次演講，有位朋友問我：旅行前，親人支持你嗎？

我周遭所有人都反對離職旅行，為了避免與親人衝突、讓朋友擔心，我不敢面對，所以選擇離家出走。看似任性的決定，其實背後隱藏著害怕親人的反對，害怕向朋友解釋原因。我經常擔心向家人坦承會被責備，所以容易處於想做又不敢做的窘境。

直到有次我跑去請教一位朋友，他也熱愛旅行，他告訴我：「一件事對你真的很重要就一定要去做，如果你怕家人反對，背後隱藏的是因為害怕自己做不好而得到批評，所以，如果你有信心完成，有天家人也一定會被你的信心影響。」

撇開旅行這件事不談，我們可能都曾經害怕向家人說自己熱愛的事。如果你想學畫畫、玩音樂、打電玩，只要父母一句「這能當飯吃嗎？」你只能無言以對。父母會這樣說，不是因為反對而反對，而是太在乎孩子餓到。他們只是不習慣讚賞孩子，也許是因為他們從未被父母讚賞過，因為父母總認為罵孩子會讓他們成長，打孩子會讓他們更懂事。

曾經有科學家將一群大學生拆成兩班，成績好的那班，教育方式是責罵、批評，所有人都要聽老師的指導；成績不好的那班用鼓勵、支持每個人擁有自己的想法。當所有人畢業出社會後，科學家發現原本成績好的那班，大部分人在職場上都是一般職員，成績不好的那班則出了各行各業的名人，有藝術家、歌手、商人、志工、政治人物……

據說，希特勒小時候因為不聽話而被父親毒打、曾遭到學校同學虐待，這段童年陰影促使希特勒後來產生強烈的報復思想。如果他的父親、同學都包容他，有可能成為一位仁德的領袖而被歌頌。曾讓全臺灣人懼怕的槍擊犯陳進興，因為被生父拋棄、學校老師的嚴格管教要求使他無法承受、同學經常歧視他，這些造就了他渴望被愛與負面的人格特質。如果他的父親擔起責任照顧他，同學視他為好友，可能就不會誤入歧途。

在美國，有一位全盲者叫凱西，她的父母沒有因此否定她的天分，甚至鼓勵她勇於嘗試，說她和其他人沒有不同，且比一般人更勇敢，因為她看不見恐懼。如果父母一味的為了擔心而過於保護她，可能就埋沒了另一種偉大的夢想。凱西最後出了書，也站上TED舞臺分享故事。

是人群造就社會？還是社會造就人群？

一個負面的人可以組成負面群體，反之，一個正面的人必然也可以組成正面群體。當你下次要開口責備、批評他人時，試想如果改用肯定、讚賞的語氣，說不定會讓事情變得更好。小孩不愛讀書，可能是不喜歡死背東西，不想和別人一樣，可以鼓勵培養創造性的興趣；當員工績效不佳，可能是放錯位置，可以鼓勵他多試試不同類型的職務；當另一伴心情不好，可能是期望你主動在乎他，可以多點包容與信任。

如果我們真的身處批評環境中，要感到開心，因為這代表這些人是我們即將可以改變的對象。

鼓勵不一定會使人成功，但責備會導向失敗。

約有 15,800,000 項結果（搜尋時間：0.40 秒）

老朋友

年輕時多交新朋友，老了多看老朋友。

前陣子有位四十多歲的北部讀者，一次偶然之下看到我的文章，讓他想起南部已失聯十多年的老朋友。他利用各種管道，終於找到老朋友的聯絡地址，之後請了假搭上巴士去造訪這位老朋友。抵達這位朋友的住處時，才知道他在一年前就因車禍去世，他當下強忍淚水，用成熟克制住悲傷情緒。

搭車返家的路上，他看著快速移動的景色，想起曾和老朋友相處的日子，回憶被勾起的同時眼淚終被牽動出，顧不得中年男子的形象就在車裡啜泣。當他情緒清醒時，非常後悔自己為何不早點聯絡這位老朋友，為何只顧自己的工作。他的負面情緒一時湧上心頭，但他比任何人還清楚知道，人都已經走了又能怎麼辦？

他回到家第一件事，就是開始回憶起所有他生命中遇到的朋友，把朋友一個一個用筆記下來，接著，他花了快三個月的時間，一一造訪所有朋友。當他踏進老朋友家時，每個人都會好奇的問：幹嘛大老遠跑過來？他都會半開玩笑的說：為何不大老遠來看老朋友？

之後，這位讀者寫了一段話送給我：

小朋友，我的年紀與責任無法像你一樣環遊世界，但讀了你的文章，讓我了解旅行並不用一個偉大的理由或動機。旅行可以是一種簡單的行動，它可以是去造訪某位老朋友、去學習某種技能、去吃某個好吃的美食，這些都是為了要把握當下，不要讓未來有所遺憾。

如果我可以早幾年去探訪這位老朋友，或許我們還可以一起喝杯小酒聊到天南地北，雖然說人死不能復生，但我深刻體會到自己好像死過一次又活過來。我這次最大的收穫就是知足，能和老朋友簡單的聊聊天就夠心滿意足了，老朋友就像老酒一樣，越沉越香，越珍惜越知足。

我無法高談人生大道理，但有件事很重要：一個人的成功並不是看他交了多少朋友，而是看他有多少老朋友。

這趟遲來的旅行，想躲也躲不掉，來的是時候也不是時候，還是要謝謝你，讓我發現旅行的另一面。

因為旅行，因為工作，因為生活讓我認識新世界與新朋友。風景會被遺忘，但朋友不會忘記。世界上有好幾億人口，即使你這輩子再努力交新朋友，頂多不過幾千人，而幾千人之中又有幾個能和你好好坐下聊聊？當你努力向前奔跑時，記得回頭看看走過的路，看看曾經出現在生命中的朋友吧！

感激傷害你的人，因為他磨練了你的心志！
感激欺騙你的人，因為他磨練了你的智慧！
感激中傷你的人，因為他磨練了你的人格！
感激遺棄你的人，因為他教導你需要獨立！
感激斥責你的人，因為他提醒了你的缺點！
感激拒絕你的人，因為他強化了你的鬥志！——節錄自網路

社群

越多人的地方，越難找到自己。

社群（community），其古法文字為Comuneté，拉丁文Communitatem，意指「具有關係與情感所組成的共同體」。階級社會學家湯馬士．賓達（Thomas Bender）對社群的定義如下：

社群是人數有限的一群人，擁有共享的理解與義務，在社會的空間或網絡中聚集起來。彼此的關係相當接近，感情也十分親密，通常都是面對面的溝通。人們因情感而在一起，而非個人自我利益。在社群中有一個「我們」的概念存在，其中每一個人都是成員。

人類是全世界最聰明的群聚動物，當然也是最危險的一群。自從有了虛擬的網路世界，把人類的群體獸性昇華到極致。假使你對某事物看不順眼，你可以輕易透過網路找到某個社群，一起在上面怒吼，讓情緒從此有了出口，號召大家一起行動與改變。你並不需要知道改變的內容是什麼，因為你只在乎改變。當你為自己付出的一點心力沾沾自喜時，其實心底深處根本不知道為何改變，大家喊你就喊，大家罵你就罵，大家上街抗議你也照做。

如果這個人從群體的虛擬世界回歸到獨自的真實世界時，還能言行一致隨時主動挺身而出，這個人的性格或許完整，甚至會成長；如果不是的話，人格特質可能因此分裂，過度依賴網路所創造出的自我，最後相信虛擬網路才是最真實的世界。當現實生活有所不滿又找不到志同道合的人一起怒吼，只能再躲回網路世界，因為只有社群的朋友會永遠支持你，陪你一起抱怨。和一群害怕的人躲在一起，就不這麼害怕了。所有動物都習慣找比較有安全感的地方生活，人類也不例外。

我們知道社群很重要，知道正義很重要，知道改變很重要，把自己全盤交託給社群，卻沒了真實的自己。

有個朋友在情場上是千人斬——是被許多女人斬首的那種。他是交友網站的忠實會員，每次和女生約見面後都被打槍，理由不外乎：在網路上像熟人，見面後像最熟悉的陌生人。最後抱怨女生矯揉造作又善變，依舊躲回交友網站，重蹈覆轍。

另一個朋友在職場上是工作狂，因為主管的易怒性格，經常在網路上抱怨主管，抱怨公司。問他該如何改變，只能啞口無言把問題怪罪企業文化。叫他換個工作卻捨不得，害怕找不到新工作。躲在網路上不斷抱怨，變成他唯一能行動的作為。

還有個朋友在生活上迷失方向，一直問人怎麼辦，卻連問題在哪也不知道，只知道上網問人就會有答案。問達人，問仙人，就是不問自己。把自己最重要的人生問題丟給陌生人解決，反正最多鄉民認同的就是好答案，讓別人分擔自己的無力感，變成一種流行，似乎躲在網路上爬文就會有完美答案。

網路社群拉近我和你，一堆人活在自己的世界裡，殊不知越多人的地方，越難找到自己在哪裡。日子久了，我們都被虛擬世界裡的自己所取代。

約有 1,770,000 項結果（搜尋時間：0.35 秒）

被嘲笑

自我解嘲，用幽默看待傷害。

有位十五歲就想獨自出國旅行的朋友，令我感到不可思議並且佩服。可惜父母沒有肯定他，反對之餘還語帶嘲笑。嘲笑對一個小孩的內心破壞力有如海嘯，事後需要花許多時間心靈重建。

一個人之所以嘲笑別人，可能出於自卑。處理嘲笑的最好方法就是自我解嘲，也就是用幽默來看待傷害。如果能嘲笑自己，才是真正有自信。

有一次，愛爾蘭劇作家蕭伯納（1856-1950）在街上行走，被一個冒失鬼騎車撞倒在地，幸好並無大礙。肇事者急忙扶起他，連聲抱歉，蕭伯納拍拍屁股詼諧的說：「你的運氣真不好，先生，如果你把我撞死了就可以名揚四海了。」

中國文學家林語堂說，「笑」裡面有一種微妙的長處，我們可以一面笑一面仍含著一些同情和友愛。例如，人們看西方文學瑰寶《唐吉訶德》裡，老是幻想自己是騎士、勇敢堅持自我的唐吉訶德那些荒謬行為和所遭遇的災難，雖也覺得好笑，但並不譏笑他的意志。唐吉訶德的熱情雖是可佩，但他必須去認識世界，然後合宜地改造世界，並且需在理智當中才能得到快樂，有多少都市人敢像他一樣過著瘋癲的生活。

這位朋友就像唐吉訶德的荒謬行為被人嘲笑，但熱情無人能及。就是因為這股不服輸的力量，世界才有可能被改變，否則世界快被無趣的人占領了。

我也曾經被嘲笑。剛踏入職場時，有次進行一個專案，客戶笑我不夠專業，說要換掉我。難過幾天之後，我提起勇氣告訴主管：現在把我換掉只會拖延專案速度，等我把專案結束後再換人也不遲。順利解決問題後，客戶不曾再提過要換人。

這次的經驗，讓我學會勇於認錯，無論被何種客戶嘲笑，都先虛心接受，接下來立刻改正錯誤。這些嘲笑我的人，反倒成為良師，會毫不保留的告訴我缺點在哪。如果被嘲笑後立刻改進，還有機會爭口氣；什麼都不做，只能等著被自己打敗。

要讓別人閉嘴的最好方法，就是自己先閉上嘴，做得比之前更好更多，用不著在舌尖上爭輸贏。
你被嘲笑了嗎？這是好事，因為你即將茁壯！
說出來會被嘲笑的夢想，才有實踐的價值。——作家九把刀

約有 140,000,000 項結果（搜尋時間：0.18 秒）

被質疑

不能因為害怕質疑，把自己輸掉。

學生時代如果被質疑成績差，還敢義正辭嚴的說自己不愛讀書、真正的世界在校園外。領完大學畢業證書、進入社會職場後，當工作能力被主管、客戶質疑時，只能理屈詞窮。

一次質疑不可怕，可怕的是不斷被質疑。信心會慢慢瓦解，最糟的情況就是從此一蹶不振。

我的第一份工作是電梯業務銷售員，客戶幾乎都是大老闆，每個都是狠角色，當時還是毛頭小鬼的我經常被客戶質疑。曾有客戶親自打給我主管，說我服務太差希望把我換掉；某次有位客戶則說，憑什麼要向我買東西。

被客戶質疑都可以應付，我最怕被主管質疑。當時剛過三個月試用期的我，被主管叫進辦公室約談，以嚴肅的表情詢問：「你覺得自己適合當業務員嗎？」我說自己學習能力比較慢，需要一點時間。主管信任我，沒再追問。

再過三個月，主管又找我進辦公室約談，用溫和的語氣問：「你真的覺得自己適合當業務員嗎？」因為工作已半年，業績卻不見起色，同期的伙伴都已經開紅盤，自己經常被拿來比較，我厚著臉皮對主管說會更努力。

從此以後，我開始懷疑自己適合業務工作嗎？業務一直是我最喜歡的工作，如果真的不適合當業務，該何去何從？為何每次主管交代的事都做不好，我真失敗！為何業績一直這麼差？

工作一年後，主管再次約談，又問了同樣的問題。我已經沒有勇氣說需要時間，因為知道自己不是業績不好，而是太多恐懼與害怕。主管曾告訴我：如果業務員擔憂，客戶也會擔憂；如果業務員有信心，客戶就有信心。

工作一年三個月後，我主動提了辭呈，隔一個月後就出國旅行一年。

其實，在旅行路上經常會想起工作，納悶自己為何變得如此膽小？可能是輕易相信了別人的質疑，沒有勇氣相信自己；可能是因為怕沒了這份工作就會淪落街頭；可能是因為怕被比較，怕輸給別人。

人在哪裡跌倒，就要在哪裡爬起來。因此旅行回國後，我又找了業務工作，可能是因為窮得只剩下信心，想要再次挑戰心中的存疑。再次投入職場後，已找回信心，雖然還是避免不了被主管質疑，但立刻就知道問題出在哪裡，可以馬上解決。

如今離開職場投入自由工作後，慶幸曾經當過業務，懂得開發自己與客戶，如果打混一天，可能明天就沒飯吃。雖然父母的質疑不曾停過，認為寫文字賺不了錢，但我卻不像以前一樣膽小。不想再因為害怕質疑，把自己輸掉。

質疑並不代表否定，最怕的是你一開始就相信別人的質疑，否定自己。

約有 2,950,000 項結果（搜尋時間：0.30 秒）

仇視

仇恨導致恐懼，憤怒與受傷緊隨其後。

恐懼是通往黑暗的道路。恐懼帶來憤怒，憤怒帶來仇恨，仇恨帶來苦難。——《星際大戰》尤達大師

有人說，單親家庭出身的小孩更渴望愛情，因為缺少，所以更需要。但我並不需要，可能是心中太多恐懼，早已被憤怒填滿。對我的父母而言，愛情就像精心設計過的遙控炸彈，管他周遭有誰，可任意引爆，我只能抱著恐懼躲在防空洞，我甚至深信愛情會帶來巨大傷害。

父母離婚十九年，雙方的仇恨從未離開彼此。每當看見一方用力批評另一方，很

難想像兩人曾經相愛過。愛得太深就是恨，完全被印證。

兩人離婚的原因，至今撲朔迷離，周遭親人總認為過往事不必再提。他們的故事就像潘朵拉的寶盒，沒有人敢打開。最後只能拿出 CSI 辦案精神，聽取片段訊息，拼湊結果。

之所以要找尋答案，不是出於好奇心，而是為了拿出決心面對恐懼。可能父母沒意識到，他們面對離婚的態度，會影響孩子對婚姻的價值觀。

如今兩人依舊單身，沒有戀愛對象，整天忙著賺錢。即便各走各的路，沒有因此找到更幸福的愛情，生活也沒有因此喜悅，這樣的分開，值得嗎？

過陣子哥哥要結婚，父親打從心底不想讓母親參與，更別談要對方的親戚參加。礙於場面要融洽，只好將就開了一桌。

前陣子新書發表會，父親猜到母親會參與，寧願在家陪電視，也不願陪孩子。朋友問我：「會難過嗎？」想了又想，應該不叫難過，而是遺憾。住在同一個屋簷下，卻無法與熟悉的親人分享快樂。

我曾經仇恨他們，為何不能化解恩怨，要對孩子進行二次傷害。後來知道，仇恨使他們更恐懼，憤怒是為了避免不受情緒傷害。越恨抓越緊，傷痕越陷越深，痛到不敢出聲。

他們的離婚，不會使我害怕婚姻，因為已經放下仇恨。希望有天，父母能放下輸贏，放下仇恨，把曾經擁有過的愛找回來。

黑暗無法驅走黑暗，只有光才可以；仇恨無法驅走仇恨，只有愛才可以。——德國神學家馬丁．路德（1483-1546）

結婚

結婚是趟旅程，旅伴不對，走不遠。

結婚並沒有什麼道理，但事後你會懂得許多道理。——藝術家朱德庸

小學五年級，看著父母離異，兩人相恨至今，使我對婚姻不敢有任何遐想，深怕自己重蹈覆轍。曾經告訴自己：沒有婚姻，就沒有失敗的婚姻。婚姻是不是感情的良藥，沒人清楚，但肯定苦口。

有位朋友，新婚前兩個月和老婆大吵，不是為了愛與不愛，而是生活習慣天差地遠。男生交友甚廣，平常偶爾與朋友小聚，女生忍受不了沒人在家的孤單，所以鬧革命。男方愛老婆，從此斷絕社交活動，全心陪伴她。男方說，這樣的包容是為了

婚姻，為了你我。

革命平息後，這位朋友要突破窘境，特地苦讀心理學，學習溝通的藝術，要和老婆彼此冷靜溝通。只要對方一有情緒起伏，立刻無條件退讓。男方又說，這樣的包容是為了婚姻。他嘴裡歌頌包容，彷彿為愛而死，理所當然。

我問男方：「喜歡現在的自己嗎？」他猶豫一會，不知如何回答。

男方盡力維持婚姻關係，想要彼此成長，女方認為沒問題，幹嘛找麻煩。男方心裡有對方，有婚姻，卻沒了自己。

婚姻需要包容，我認同。但只有包容，沒有成長，我不敢認同。

旅行教會我，路上的旅伴很重要，如果無法交心，一起成長，一起開心生活，走不久，也走不遠。如果說婚姻與旅行都是挑戰不可預期的未來，旅行相較簡單許多，大家就別再害怕出門遇到危險，因為婚姻更危險……

婚姻好比單程車票，出發後就回不了頭；不出發，永遠沒機會遇見另一頭。

約有　7,950,000　項結果　（搜尋時間：0.22　秒）

孤單

恐懼孤單的人，胡亂找伴也會孤單。

在人群之中感到孤寂，是這個世代的病。

一位好友希望我幫他介紹一些新朋友，讓我感到有些意外，因為他有帥氣的外表，言談又幽默，光靠這兩項「優勢」，應該會迷倒不少異性，怎麼突然叫我當人力仲介？

他毫不隱藏，對我坦白情緒：「其實我想找一個人一起住，每天回家就有人。現在自己住外面，回家就是兩臺電腦一臺電視加雙人床，然後呢？我想要有人可以說話，一起討論，一起完成事情。」

後來知道，他最近搬家一個人住在臺北，每天規律地一個人上班，一個人下班，一個人回家。生活對他而言是直線，是一個點到另一個點，來回遊走。

他曾經試著旅行，但心中孤獨從未離開，就像漫畫《獵人》裡的酷拉皮卡，被自己的念力所製造出的指鏈所束縛。離開家到一個新地方，如同花錢進電影院，和一群陌生人欣賞完一場美麗影像，最後誰也不欠誰，各自解散。

一座城市裡電影院的多寡，取決於這座城市的孤寂與否。住在海邊、山林間的人，大自然就是他們的電影院，他們樂於和隔壁的陌生人聊天，分享眼前的風景，所以並不孤單。更棒的是，不用花錢買門票，要比聰明，都市人差一截。簡而言之，都市人努力生存，賺錢買生活，越買越孤單。

老實說，我不覺得介紹新朋友能解決孤單感，應該先正視自己的生活狀況，問問自己生活是否太單調？是否該改變什麼？最好可以主動參與社群活動。胡亂找伴也未嘗是好事，快要溺死的人會不自覺亂抓，一不小心，可能會害另一個人淹死，倒不如先學會水母漂，先懂自救。

幾年前，我也有類似的孤單感，總是坐在電腦前煩惱，為何沒有新朋友？甚至會和朋友在網咖一起抱怨這座罪惡之都。直到有天問自己：真的只能這樣嗎？為何有人能開心的住在都市？

慢慢去觀察活潑朋友的臉書狀態，了解他們參加什麼樣的社群活動，發現臺北有不少活動，主動參加後，認識更多新朋友，大家聊的都是如何讓生活變得更好，而不是如何避免孤單，孤單的感覺也隨著時間被淡忘掉。

真要克服孤單，應該先打破它，放進更多不同類型的朋友，接觸群體生活，讓孤單無法在心中存活。

怕孤單，它就存在；不怕它，它就沒有存在的必要。

世界上所有的動物，極少能獨自存活，連人類也不例外。就算我們再文明，也不過是隻怕寂寞的文明動物。

對於世界，你可能只是一個人；對於某個人，你卻是整個世界。——節錄自網路

約有 201,000,000 項結果（搜尋時間：0.27 秒）

怎麼辦

不怕開口求人，但求相惜與同理。

人生常會不知所措，適度請求他人幫助，才可以度過難關。「求人」不是求憐憫或同情，而是求相知相惜與同理。

大學時代，因為不善於求助外界，曾遇上人生最低潮，社團、感情、課業，全搞得一塌糊塗，情緒一下子找不到宣洩出口，整天窩在宿舍，心情越來越差，跑到輔導室報到，經過老師的分享與建議，情緒才慢慢好轉起來。如果當時沒有主動伸出需要被關懷的手，人生早已翻船溺斃而死。

羅曼．羅蘭（1866-1944），這位法國著名的天才作家、音樂家，也是一九一五年諾貝爾文學獎得主。他在二十二歲追求文學與音樂，視英國文豪莎士比亞（1564-

1616）、德國作曲家貝多芬（1770-1827）及俄國文豪托爾斯泰（1828-1910）為英雄。當時托爾斯泰批評前兩位一流作者，說他們的藝術都是要不得的，不相干的，不是人道的藝術。

對一位尋求真理的年輕人來說，這就像一個大問號，羅蘭耐不住心中的疑問，寫了一封信給托爾斯泰，坦露自己內心的矛盾。幾個星期之後，就在羅蘭等不著回信，差不多快忘了時，忽然收到寫滿三十八頁的長信。偉大的托爾斯泰親筆回信給這位不知名的法國少年，信中內容如下：

> 親愛的兄弟，我接到你的第一封信，深深感受在心。讀你的信，淚水在我眼裡……我們投入人生的動機不應是為藝術的愛，而應是為人類的愛。只有經受這樣靈感的人，才可以希望在他的一生實現一些值得付出的事業。

羅蘭深受感動，因為那時代的聖人竟然這樣同理他、安慰他、指示他，一個無名的異鄉人，讓他的人生重新振奮起來。

我經常收到朋友來信，從文字中可以感受到他們迫切需要某股力量，可能是勇氣，可能是熱情，可能是決心。一來一往的文字書信間，我們互為老師，又互為學生，他們向我請教如何鼓起勇氣，我重新學習認識勇氣，大家都一起成長與學習。

人生學無止境，應該都把自己當成學生，適度向良師求助。

年輕時，難免遇到人生無助，學會主動求助他人未必是件壞事，早些學會求助的藝術，才能解決真正的疑慮。

在你最需要幫助的時候，真朋友會出現，假朋友會離去。

約有 1,560,000 項結果（搜尋時間：0.19 秒）

愛人

如果沒了自己，要再多也沒用。

我來自香港，今年二十六歲，已經吃喝玩樂四分之一的人生，錢沒存多少。要出門去浪流的口號掛在嘴上已多年，卻不見自己有任何行動。最近才開始認真存錢，兩個月下來也存了將近四萬元，相信年底已足夠旅費去打工渡假。

沒想到，男朋友突然想買屋，我想跟他一起存錢，又想去打工渡假，似乎要被迫做些取捨。

一年的時間在人生中不算多長，一生漫長路要走很久，如果我丟下男友自己出走，是否有些自私？

Dear friend,

妳面臨到要愛別人或愛自己的選擇題。當妳想愛對方多一點，為對方多做一點，又怕沒了自己；試圖要靠近自己時，潛意識會聯想到過去任性的自己，曾經造成別人的負擔或困擾，甚至因此失去某段感情。這種強韌的記憶連結如同橡皮筋，無論拉扯哪一邊，放手後的反作用力都會在心中震盪，痛到無法做決定。於是，縮在保護圈裡什麼都不做，就成了最安全的決定。

妳該問自己的，不是丟下男友出走是否自私，而是男友想買房的動機為何？或許他只想把自己和愛人困在鋼筋水泥屋，整天想著房價升值，有錢後再飛出去，妳只不過是滿足他私心欲望的其中一人；假設他是為了兩人幸福，妳該問他：幸福的定義為何？不是兩人整天膩在一起就叫幸福，而是兩人意見不合時，另一方是否能包容或傾聽，甚至退讓。

如果他連這一年都不願意等妳，妳敢期望未來數十年的日子嗎？

當然，我不是鼓勵妳一定要出走，而是要藉由這個機會，觀察兩人遭遇衝突時，是否能齊心協力共同解決。如果兩人真心相愛，再困難的問題都可迎刃而解，否則再小的問題都會變得困難。

你們可以有很多解決方式，比如妳出走半年，延後買房時間；出走一年，努力工作寄錢回去；最壞的打算就是完全將就男方，成為他生命中最聽話的女人。如果沒有答案能解決你們兩人的問題，那你們硬湊在一起才是最大的問題。

簡單來說就是，妳想走，他死不讓妳走，只能叫他死心。我看過許多戀人朋友，出國前愛得死去活來，說會等對方，等回國後只想對方死一死，總之就是某方和某方跑了的結果。

人類生來自私，如果不是，早就世界和平了。但我們可以學會適度的自私，以不傷害別人或自己為前提。

與妳分享一段德國哲學家史懷哲（1875-1965）在《文明的哲學》中說的話：

> 這個時代的精神推動我們採取行動，但沒有使我們得到一個清晰的客觀世界和生命觀念。它無情地要求我們追求這個目標、那個成就。它使我們在行動上中了毒，永遠沒有時間反省自己，或問問自己：這樣無休止地犧牲自己去追求目標和成就對方，與世界和我們生活的意義到底有什麼關係？

無論妳要結婚、買房或旅行，都是一種行動，該問自己的是，什麼樣的付出才能滿足真正的自己。

如果沒了自己，要再多也沒用。不信任，才是兩人最遙遠的距離。

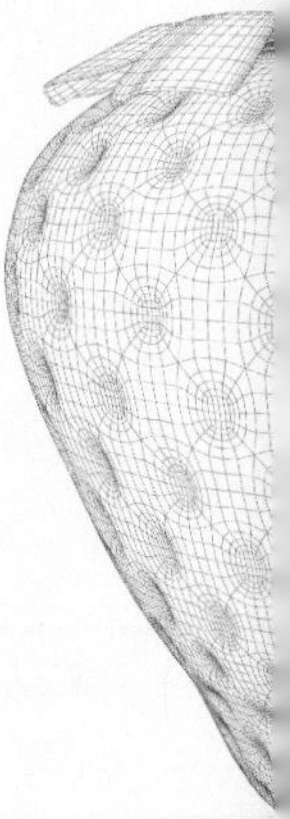

第三章——

CHAPTER 3

做自己

真正讓一個人自由的關鍵，
不是瘋狂旅行或工作，
而是你敢為自由付出多少代價。

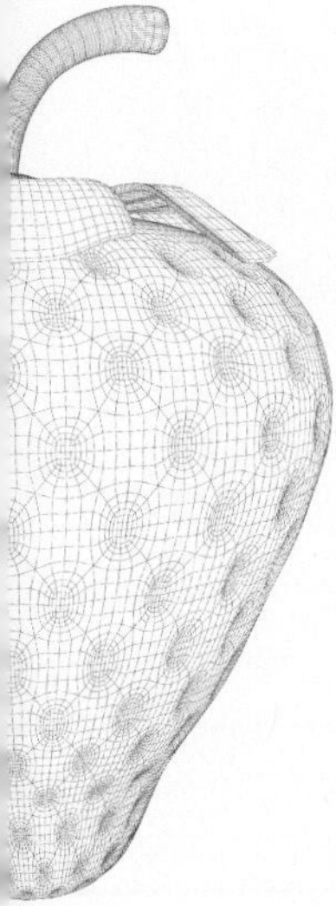

約有 75,100,000 項結果（搜尋時間：0.21 秒）

現實

現實與理想的黃金比例，是四十九比五十一。

我今年三十二歲，一生平凡，所以想做點不平凡的事。去年辭掉工作，花光積蓄，跟女友（現在的太太）去歐洲自助旅行三個月，回來後有些小負債，工作還在試用期，太太已經懷孕，找不到合適的工作。

旅行前，面對別人的質疑，我從不害怕；旅行後，面對自己的質疑，我開始擔心。基於現實考量，每天從九點做到九點，未來也是這樣，下一次的長途自助旅行已經不敢去想，但人生一輩子只有一次，都留給老闆又實在太可惜了。

我一直想把旅行的故事重新寫下來，然後再次出發，但是目前的立場與時間是不容許的，所以想請問結束旅行後，你是怎麼克服現實面的問題？

Dear friend,

結束旅行前的一個月，我經常思考回國後接下來要怎麼辦？當時我和你一樣，擔心會被工作壓得喘不過氣，無法再去旅行，最後被困在臺灣。

即便回國後有了工作，還是會不時想起過去的放蕩日子，每當與主管起衝突或是職場不順時，腦中會跑出離職的念頭，此時另一股聲音會告訴我：要忍住，不能再這麼任性。這兩股力量的糾結，損耗掉不少精神，導致無法專心工作與生活。

經過不少時間的沉澱，開始把注意力放在工作上，我問自己：可以不顧一切去旅行，為何不能放下一切去工作？旅行與工作同樣會遇到困難與挫折，為何能接受前者而排斥後者？我認真思考兩者的差異性。

我想起一個人旅行，那種討人厭的孤單感，尤其到了旅舍，完全沒人理會時，恨不得隔天馬上退房。這種感覺類似進到一間公司，看著同事自顧自的忙碌，連打個招呼的時間都沒有，除了薪資，根本沒有理由說服一個年輕人留下來。

旅行遇見困難時，沒有想太多就去解決；工作遇見困難時，卻先想很多再去解決，原因可能是缺少認同感。一個人認同旅行，會想盡辦法縮小旅行時的危險，如果不認同，往往會把問題放大；反之，工作也一樣。

也許是你還沒找到工作的認同感，心底會自動放大旅行時的快樂，久而久之會感到無奈與困惑，因為你現在的身分是工作者，不是旅行者。你甚至會因為缺少勇氣而感到難過，明明旅行時很勇敢，卻無法把它用在工作上。

與其去想如何克服現實，倒不如思考如何喜歡現實。

一個想法要具體實踐，現實與理想的黃金比例應該要是四十九比五十一，如果抱持太多理想，往往過於失望；太少，人生太單調；一樣，又難取決；剛好多一些理想，又不失現實，生活才最好。

人生就像走鋼索，要花時間找尋自己靈魂的重量，找出最協調的平衡點。否則，你的旅行只會變成另一種人生負擔，讓你越來越害怕工作。

世界的設計創造應以人為中心，而不是以謀取金錢為中心。人並非以金錢為對象而生活，人的對象往往是人。——俄國詩人普希金（1799-1837）

約有 12,900,000 項結果（搜尋時間：0.24 秒）

初衷

擔憂難免，只要不因害怕而懷疑。

去年我剛大學畢業，原本預計要去澳洲一年，因家庭因素而暫緩。這半年來，一直抱著很快就可以去澳洲的想法，所以並沒有積極的找一份工作。

首先，我先去受訓導遊領隊，結訓後找了客服一職，但在年前離職了。過程中，我不斷被家人質疑到底現在在幹嘛？說真的我也不清楚自己到底在做什麼！沒有一個方向卻出走，也不清楚我真正喜歡的是什麼，好像什麼都可以，但在行動後卻發現它並非是我想要的。

家人認為我去澳洲是在逃避現實，本來可以大聲的說不是，但經過這幾個月我也遲疑了！是否真的脆弱，所以下意識的想要逃避什麼？是否可以給些意見？在要去澳洲前的這兩、三個月可以做點什麼，讓自己不是用逃離的心情去做這件原本可以開心去做的事。

Dear friend,

妳的擔憂出自於動物本能，就像一隻剛要學會飛翔的小鳥，通常都會害怕墜地。妳不是脆弱，只是有點不安。妳一直在成長，只是沒有達到父母的預期，有點難過。妳對父母的質疑感到不安，其實是在害怕自己，父母扮演的只是妳心中投射出的害怕角色。

若想要感覺安全無虞，就去做本來就會的事；若想要真正成長，那就挑戰能力的極限，也就是暫時失去安全感；所以，當你不能確定自己在做什麼時，起碼要知道，你正在成長。——美國作家馬克．吐溫（1835-1910）

旅行前，可以試著思考自己想從旅行中獲得什麼樣的成長？這樣的思考，可以幫助妳在旅行中獲得快樂，只有不斷成長的人，才會感到喜悅。

我認識許多旅行者，回國後有人愁眉鎖眼，有人笑容滿面。觀察後發現，前者因為害怕未來而擔憂，後者自認有所成長而感到快樂。

有位朋友去了印度，重新思考貧窮所帶來的意義，因而體認到心中的富足比物質的富裕來得重要；有位朋友去了東南亞從事義工，發現付出才是最大的收穫，回國後因此努力工作，關心社會；又有位朋友去了中國旅行，發現自己熱愛陌生人，因此更加深認識陌生的自己。

這些人去不同的地方，都是為了使自己成長。

我曾經嘲笑那些屈服於金錢欲望的工作奴隸，笑他們不懂人生，以為只有旅行才會帶來快樂，到頭來發現，自己才是最無知的。那些積極工作的人們，努力使自己成長，這和旅行者要出走才會帶來成長是相同的道理，前者在臺灣商場付出，後者在世界戰場付出，兩者同樣會成長與學習。

認清這點後，我才開始慢慢從職場上獲得快樂，不再排斥為了金錢而工作。對我而言，工作和旅行都不重要，重要的是找一種隨時隨地會使自己開心成長的方式。

準備出發前，妳可以做的是「不要再害怕自己」，誠實面對問題，試著去挑戰它。不再害怕自己，別人也就不再害怕妳；對自己有信心，別人也就對你有信心。

約有 17,500,000 項結果（搜尋時間：0.22 秒）

長大

陪父母冒險，如果無法牽著手一起走，就牽著心。

心理學家指出：「每個成人心中都住著一位小孩。」童年回憶會影響未來，但有些人會把心中的小孩鎖在衣櫃裡，刻意隱藏，因為小孩給人不成熟、不懂事、幼稚的感覺，殊不知這樣的拒絕往來，少了認識另一個世界的可能性，還可能漸漸迷失自己。

小時候，老師、父母常叮嚀：要像個大人！以前認為理所當然，要成熟才會被讚賞、被肯定。似乎從幼稚園讀到大學，每位班上第一名的同學，外表和談吐也都彬彬有禮，像極「偽大人」，令我十分敬佩，我甚至懷疑不聽話的小孩是不是有病。

小學讀書時，某次考試，心想為何要交一張和別人長得一模一樣的考卷？所以把考卷當麵團搓揉後再攤平交給班導師，換來的不是肯定，而是當著全班的面毒打一頓，從此變成班上優秀學生之間的拒絕往來戶。過去的日子也活得很像小孩，會到電動間打遊戲機，會偷爬學校小牆買外食，會被人欺負，會拿一堆零分考卷回家，會常常挨打……雖然這些幼稚行為的代價慘不忍睹，至少過得很自在。

長大後讀了書，認識新朋友，走過新地方，發現當個小孩沒有不好，大人有時更需要向小孩學習，因為小孩的世界更簡單、更有趣、更真實；大人的世界反而更黑暗、更危險、更虛假。

我們又該如何認識心中的小孩？我曾經問一位媽媽要如何管教小孩，她說如果不蹲下來，用小孩的高度看世界，永遠不會懂他們；反之，小孩不站起來用大人的高度看世界，也永遠不會懂大人在想什麼。

蹲下來，彎下腰，重新站起來，當我們開始認識心中的孩子，也會知道如何傾聽父母心中的小孩。人與人之所以爭吵，一定是因為某方認為某方很幼稚。我認識不少與父母產生代溝的年輕人，彼此無法溝通。我們這一代的孩子，也許更要懂得彎下腰，靠近一點、牽緊一點，背起年邁的父母，讓他們眼睛看得到、耳朵聽得見、手牽得到，我們這群不聽話的年輕人，一直抱怨有代溝，只會讓溝變得更深。人長愈大，愈害怕，父母擔心孩子是人之常情。身為孩子，更要陪著父母冒險，如果無法牽著手一起走，那就牽著心。

有個喜歡旅行的朋友，父母原本反對他獨自旅行，後來看著他在國外拍的照片與故事，才發現當背包客可以這麼有趣，沒有想像中危險。這就是帶著父母一起去世界旅行的最棒例子，說不定父母也會因此踏上背包客之路。

接受自己的幼稚，才是真正的成熟。

約有 251,000,000 項結果（搜尋時間：0.25 秒）

年輕

向後看，總是年老；向前看，依然年輕。

含著淚，我一讀再讀，卻不得不承認，青春是一本太倉促的書。——《青春》，作家席慕蓉

和一位八十多歲的長輩閒聊，突然被問父親多少歲數？我屈指一算，正好一甲子。長輩臉上透露羨慕之情，中氣十足的說：「這麼年輕！」

在我的認知中，六十歲不算年輕，可以活兩次三十歲、扭傷一天要復健數個月、經常忘東忘西。硬把年輕套用在六十歲，似乎有點說不過去。

自認離開校園後，不曾把年輕掛在嘴上，心中又偷住著老人，常被說老態。出了

社會，無論再老態，總是職場最年輕，靈魂卻沒有因此年輕，顯得有些矛盾。

問了一圈三十歲的朋友，要麼嘆息，要麼緬懷，沒人敢承認自己年輕，大家的靈魂比實際年紀衰退得更快。

每次收到年輕讀者來信，總是澎湃激昂，非常羨慕。不是因為他們的年紀，而是看到渴望得到一切的衝動與熱情，彷彿自己是個老人，獨坐火堆中和一群小孩邊取暖邊聊故事。

每次去外面分享，聽到長輩害怕旅行，擔心未來，甚至感嘆歲數已過，沒資格和年輕人一起在世界走，不禁慚愧，其實三十歲很年輕，很新鮮，很有挑戰。

我們心中的年紀與世界，取決於所交的朋友，所處的世界，所認識的自己。

如果朋友比你更怕老，你的世界一定更小，自己一定更老；

如果朋友比你不怕老；你的世界一定更大，自己一定年輕。

年輕代表的不僅僅是美麗，而是一股精神。你可以不年輕，但不能失去精神。怕老，就出走吧，因為還能走的人，都是年輕的！

約有 175,000,000 項結果（搜尋時間：0.24 秒）

成熟

學會自然成熟，不能熟透。

我為了實踐夢想，二十九歲來法國，即將面臨三十大關。雖然有些害怕，還是慶幸來到法國，並且利用這一年的時間，走了很多國家。

你問我想繼續留下來嗎？是的，我很想，但又壓抑著一股不甘心。

出國前，我已工作六年，現在回國，確實什麼都沒有，同時也要擔憂家裡兩老，畢竟爸媽年紀大了，還能用什麼理由繼續待在國外？

本來只是單純來法國讀語言學校，學習不同語言，卻萌生繼續深造的念頭，不想這樣輕易回臺灣，但現實擺在眼前，只能默默接受。

這趟旅程收穫很多，體會到文化差異，吸收不少養分，也深深認識自己，更加珍惜自己擁有的東西。很多人拚命探討出國的意義，但我只能說，旅行的意義只有自己才能體會。

Dear friend,

生命中，最令人害怕的不是一無所有，而是緊抓不放。

你拋下一切到法國，因為某些理由無法繼續深造而感到難過，就像剛搭上夢想巴士，突然緊急煞車，一股後座力打在身上，你只能像個呆子傻笑，拍拍胸口說沒事。你會難過是因為根本沒打算要離開，所以更捨不得向法國道別。

我們經常被鼓勵擁有夢想，好像沒有夢想的人是輸家，只有得到名與利的夢想家才叫成功者。那麼，已經踏上夢想道路卻又被迫中斷的追夢者，到底是輸是贏？這些人甚至比一般人要承受更強烈的夢想後座力，有人因此陣亡，把抱怨當武器，開始對自家人瘋狂掃射，罵來罵去就是不罵自己。

三十歲是一個極為重要的轉折點，可以決定未來十年的方向。你選擇脫下工作者的角色，用旅行者的角度看世界，有助於增廣未來的方向性，因為你已不受任何職業限制，可以重回職場或創業。但風險是，眼前有太多選擇時，好像什麼都可以，又好像都不可以，往往使人更焦慮。

有人說三十歲以後不能再任性，不能再不負責任，不能再跌倒，要變得更成熟。

我相信人要成熟，但不能熟透。動物的成熟要像植物一樣，是自然而然，不能刻意，否則容易揠苗助長。

你選擇回家照顧家人，是源自心中的愛，願意付出時間關心所愛的人，才是最重要。整天滿嘴仁義道德，卻不關心家人，成熟又如何？拚得你死我活爭誰比較成熟，還不如每天回家抱家人或寵物。

我曾經以為家人是負擔，無論我做什麼都得不到支持只會嘮叨，眼中似乎只有錢……後來才發現，父母只是太在乎小孩，越抓越緊，怕小孩一無所有。我們能做的就是比父母更勇敢，把父母當成最甜蜜的負擔，一輩子能真正沒負擔的只有出家人，我們還是學會逆來順受比較實際。

夢想會產生後座力，會痛是必然的，不痛不養的人生，反而顯得無趣。

約有 7,300,000 項結果（搜尋時間：0.40 秒）

浪漫

沒有生活目標的浪漫，是浪費。

浪漫主義既不是隨興的取材，也不是強調完全的精確，而是位於兩者的中間點，隨著感覺而走。——法國詩人波特萊爾（1821-1867）

「浪漫」一詞來自於「romance」，代表了源於中世紀文學和浪漫文學裡頌揚英雄的詩賦風格。

談到浪漫，不只有男歡女愛、騙女人的小把戲，浪漫是一種精神與情操，活在無感社會裡頭，顯得難得珍貴。

我認識一對情侶，女的玩音樂，男的玩廚藝。住在臺北都市裡頭的兩個人，上個月莫名其妙跑到花蓮定居，問他們為什麼？只說喜歡大海、喜歡安靜、喜歡生活。正巧，這三樣臺北都沒有，想留也留不住他們。

這兩個人實在妙，趁今年的除夕之前，在臺北自家辦了一場尾牙，只邀請沒有正當職業的人來參加，簡稱「失業者聯盟」，我理當被邀請。當天的筵席場面不輸給酒家，還辦了一場交換禮物活動，因為大家都沒什麼錢，只能把家裡值錢的東西掏出來，還有人特地從花蓮、臺東、高雄跑來。

來參加的有藝術家，蓋房子的，做木工的，經營民宿的，在民宿當小幫手的，約二十多位，這也難怪失業率居高不下……都怪這群人不肯聽話，找個安穩工作，大家血液中都有叛逆因子。

最高潮的就是交換禮物，有舊書、工藝品、老皮箱、老玩具、耳環……大家不吝嗇的拿出自己最重要的東西，分享的是生活、快樂、喜悅。但如果把這些東西拿到某某大公司尾牙活動上，抽到的人可能還會罵主辦單位：準備什麼爛東西，倒不如給錢！

我們這群沒穩定收入、自認浪漫的人，笑聲快把屋頂掀起來。那些高收入、自認聰明實際的人，腦中算計著抽大獎，如果坐一整天沒抽到，還會嫌菜難吃。

比傻，我們算是高級，一群年輕人不賺錢，沒事賺什麼生活，自命清高。跟那些關在美麗牢裡，替主人賣肝賣腎，最後還磕頭謝謝主子的人比聰明，只能稱次等。一邊要浪漫，再生活；另一邊不要浪漫，先生活。高級傻子和次等聰明人，大家活在同一個土地，選擇用不同的方式追求理想生活。

文學家林語堂（1895-1976）——

中國的浪漫主義者都具有銳敏的感覺和愛好漂泊的天性，雖然在物質生活上露出窮苦的樣子，情感卻很豐富。他們深切愛好人生，所以寧願辭官棄祿，不願心為形役。在中國，休閒生活並不是富有者、有權勢者和成功者獨有的權利（美國的成功者更形匆忙），而是那種高尚自負心情的產物，這種高尚自負的心情極像那種西方流浪者的尊嚴觀念，這種流浪者驕傲自負到不肯去請教人家，自立到不願意工作，聰明到不把周遭的世界看得太認真。

這種樣子的心情由一種超脫俗世的意識而產生，並和這種意識自然地聯繫著；也可說是由那種看透人生的野心、愚蠢和名利的誘惑而產生出來的。那個把他的人格看得比事業的成就來得重大，把他的靈魂看得比名利更緊要的高尚自負的學者，大家都認為他是中國崇高的理想。他顯然是一個極簡樸地去過生活，而且卑視世欲功名的人。

對於人生之中的流浪、放逐、找尋自我、努力工作、男女戀愛，不是比誰浪漫，誰賺的多，誰比較會生活，誰比較愛誰，而是誰先找到精神寄託，有了生活的目標，誰先拼湊出靈魂的模樣。否則，浪漫只是另一種浪費。

浪漫不是一種目的，而是一種過程。

約有 15,900,000 項結果（搜尋時間：0.22 秒）

做自己

付出多少代價，得到多少自由。

我今年二十六歲，從小到大的人生都被完美規畫——被規畫念高中，被規畫大學填科系，被規畫畢業後報考國家考試。

看到一堆人打工渡假，還有一堆同輩們事業有成，讓我感到好憧憬又擔憂。所以今年七月，我毅然決然提出辭呈，想飛出去！

沒想到，突然被家人強迫規畫買房，他們就這樣申請了貸款，我因此開始負債，需月繳兩萬四的貸款。

但我始終壓抑不住想要飛離的心，雖然大家說好要一起分擔貸款，但是先前的經驗告訴我，這最後會是空頭支票。我究竟要心臟大顆點的出走，還是繼續留在臺灣付貸款？我真的好害怕……

Dear friend,

你的害怕來自於委屈。

想必你從小就是一個極為孝順的孩子，因為尊重父母，所以情願被家人支配，一切的委屈也獨自承受。當你看見在天空翱翔的鳥兒，只會讓你急於渴望自由，但這股欲望又會讓你產生罪惡感，因為你已經習慣把所有責任一肩扛起，不扛就是不孝順，扛了又不自由，兩股力量正在拔河。

如果二十六歲的你都害怕追求自由，更別談六十二歲的你會擁有自由。

但旅行結束後的經驗告訴我：真正能讓一個人自由的關鍵，不是瘋狂旅行或工作，而是你敢為自由付出多少代價？

我認識一些迫切想要出走的旅行者，擔心沒旅費、擔心被父母責備、擔心失去工作，又不敢接受沒旅費就回國，不敢接受內心的道德譴責，不敢失去工作，想要藉由旅行得到自由，又不敢付出這些代價。

我也認識一些積極想要賺錢的工作者，擔心工時長、薪資低，擔心轉職不順利，又不敢提出質疑，不敢與主管溝通薪資，不敢接受失業，想要藉由工作得到自由，又不敢付出這些代價。

倘若你是一個旅行狂，其實要減少對旅行的欲望，因為過量的移動對旅行者不見得好；假設你是一個工作狂，其實要減少對工作的欲望，因為過量的工作對工作者不見得好。適度的旅行與工作，適度的付出一些代價，才會得到適度的自由。

你當然可以不顧一切去旅行，然後帶著滿腦子的愧疚出走；也當然可以留在臺灣工作背房貸，然後帶著一輩子的遺憾過日子，但你可能未曾想過——

你之所以追求旅行，是因為不想再被別人規畫，想要奪回人生的主控權。你真正需要的，是讓別人知道你有權利做自己，先懂得尊重自己，別人才會尊重你。如果他們不接受，你可以選擇在短期旅行回來後，再專心投入工作。

你之所以努力付房貸，是因為要給家人幸福，家人的幸福是要一家人經營的，你要讓家人知道，你已經無法再獨自承受，需要家人共同付出與包容，否則你會憂鬱一輩子。如果他們不接受，你可以設個工作期限，告訴他們幾年後肯定出走，先讓他們有心理準備。

總之，你全部的難過與害怕都是太委屈，因為你的付出，你的努力，你的不顧一

三十歲

做好準備，開始堅強的愛。

網路上曾有人說：「在三十歲之前，及時轉頭，改正，之後褪下稚子的外套，將聰明帶走。然後，做一個合格人，開始包袱，開始堅強地愛著生存，愛著天下。」一位三十歲的朋友，曾經當過小公司主管，也進入大公司磨練過，他追求的是挑戰與優秀，如果眼前的工作無法滿足這兩點，就立刻換工作。因此，他在三十歲之前換了八份工作，最近又開始物色新工作。他有個女朋友和他一樣，最近也在尋覓新工作，兩個加起來超過六十歲的人，都沒了收入，也不知道未來該何去何從，兩人都很焦慮，所以經常吵架。雖然相愛，但一想到對方沒收入，根本沒勇氣考慮接下來的婚姻路，男方又是好強的聰明人，看到女方絲毫不在乎的態度，焦慮慢慢變成憤怒，甚至提出分手。

另一位三十歲的朋友，原本打算考公務員，試過幾次失敗後，跑到大公司當工程師，以為可以就此安定下來，但公司操得比別家兇，卻不見薪水比別人多，每天都在對抗想要轉職的念頭，又怕不久後被新鮮人取代，最後也不知道三十之後的路該怎麼走。大企業變成一隻巨獸，可以正大光明地把年輕人啃得一根骨頭也不剩，剔完牙後還會嫌肉臭。

最後一位朋友，準博士畢業生，一路讀書到三十歲，原本想要投入教職，卻因為老一輩的教授秉持著活到老做到老的精神，遲遲等不到機會，最後不得不三十而「利」，先找工作填飽肚子。滿腔理想如同隔夜菜，只能被當廚餘倒掉。

就這樣，臺灣教育體系的老師與學生，年紀逐漸拉大，雙方的認知與差異越拉越遠，上新聞的衝突戲碼只是遲早的事，老一輩的大人卻還能理直氣壯的說：「都是年輕人的問題」，總之年輕人在他們眼中都是禍害。

過去的害怕，現在的年紀，未來的方向，三樣不明的答案，就像三種烈酒在同一個酒杯相遇，吞進肚後，酒精燒傷喉嚨，攻破最後一道心靈防線。害怕成為唯一可以防守的武器，好像讓自己痛過頭就不這麼痛了。

三十歲像杯長島冰茶，看似美麗、誘人，看似期待，其實灼口。
如果你還沒三十，別擔心，就快輪到你；
如果你已經三十，請放心，就快折磨你。
無論如何，請把心臟預備好，品嘗這杯長島冰茶，別讓自己心肌梗塞而死。

約有 90,200,000 項結果（搜尋時間：0.24 秒）

轉變

失去才能擁有，轉身才能看見。

我今年三十四歲，是一位女性上班族，身邊朋友都結婚或論及婚嫁，我卻還是單身，一個人住外面。這段期間剛結束一段非常久、非常辛苦的感情，工作上的疲憊，加上這陣子常到大陸出差，漸漸對工作失去動力。

幾年前一直希望能獨自旅行，卻因為沒錢所以作罷，只短暫和朋友出國五天，但這次我想挑戰自己，勇敢嘗試當個背包客。

我不想再讓自己變成只會抱怨，卻不知改變的人，所以決定明年離職旅行，開始規畫旅程，有多少就花多少，但心中不免害怕回臺灣後找不到工作……

Dear friend,

妳需要的是改變後的收穫，並非工作後的收入。

妳在戀愛習題中的失落與無奈，已經影響到工作。也許過去的妳，無論如何都要想盡辦法保持一段破碎的感情，即使對方不怎麼疼妳，還是習慣身邊有個人，只要能聽見他的呼吸聲就有安全感。「有他」的程度遠大於「愛他」。

可能妳自認戀愛學分被當掉，至今還理不清頭緒，所以想一起把工作學分退選。工作職場上的付出與倦怠，已經折磨妳數百個日子，每個月存款簿的數字往上升，也挽不回妳的低潮指數。如果一個女人只剩下賺錢的能力，突如其來的空虛感是遲早的事。

眼看身邊的朋友們結婚，妳卻單身；同事們工作，妳卻做工；旅人們獨自出走，妳卻在原地。

即使金錢能帶給女人安全感，也很難彌補女人的情緒黑洞。

女人在情場上受挫，如果可以在職場上扳回一成，還有得救。要是情場與職場皆輸，真的是賠了夫人又折兵，華陀也難救。此時要從谷底翻身，真的需要一個決心與一個新戰場。

妳當然可以出門旅行，找回勇敢，但這股勇敢不是用來離職開口說再見，而是能否勇敢的審視過去的自己，找到情緒受挫的真正根源。

出走後的旅人，看似失去感情與工作，其實得到的是重新學習的機會。不轉身，永遠不知道後面有什麼。失去一些人生很重要的東西，才會重新認識擁有。我有些朋友，失去好情人，得到體貼老公；失去好工作，得到歡喜工作；失去舊的自己，得到新的自己。

別再擔心回臺灣後找不到工作，該思考的是如何找到一份妳愛的工作。要讓「愛他」超越「有他」，這樣除了得到妳愛的工作，還可以找到妳真正愛的人。

約有 299,000,000 項結果（搜尋時間：0.22 秒）

成敗

人生沒有比賽，自然也沒有輸贏。

我是自己最大的敵人。——法國政治家拿破崙（1769-1821）

幾天前，拿了新出版的書給父親，他面無表情，一臉無奈；幾天後，哥哥在職場上升了官，他滿心歡喜，一臉喜悅。以投資小孩的報酬率而言，我算是一個不安全的地雷股，無法讓父母滿意，在親子的冷戰關係中，算失敗。

以前，會很氣憤，甚至不解父母為何老古董，不懂年輕人；現在，有些難過，開始了解父母因為怕小孩餓肚子，所以不開心，即使看到小孩有些成績，還是難免擔心。可能自己多了一些同理心，了解父母的負面情緒中，藏著不為人知的愛。

一直到了三十歲，不會為了別人的否定，自認失敗，反而會好奇的問自己：如果換我升了官，讓父母開心，自己卻不開心，這樣算是成功還是失敗？如果只為了求得認同，拚死命做一件事，算成功嗎？

現今主流社會，灌輸我們要喜愛成功，厭惡失敗，只有成功會讓人開心，失敗會讓人墮落，卻沒告訴我們什麼是失敗？什麼是成功？許多人只為了追求社會大眾的認同，選擇與成功為伍，好像那些不符合社會標準的人，都是番邦異類。

有次在圖書館，看到某個媽媽翻著童書，向小孩說著龜兔賽跑的故事，說烏龜輸給兔子，然後失敗的在地上哭。小孩睜大眼睛，問了一個純真的問題：「什麼是失敗，為什麼烏龜要為它哭？」媽媽回答：「失敗就是輸了比賽，所以烏龜才要哭。」

原來打從娘胎出生，我們一直在競爭，被逼上場比賽。在學校，成績要比同學好，不然會輸給別人；在社會，業績要比同事好，不然會輸給人；在家族，成就要比親戚好，不然會輸給別人。只要輸了比賽，就是失敗。

現在經常跌倒，卻很開心，因為只和自己比賽。身旁不乏優秀朋友，看到他們的成就，反而令我感到喜悅，不會有自卑的挫折感，他們都是生命旅程中的旅伴，應該要一起扶持，不是你推我、我踹你。

我不愛成功，也不愛失敗，因為根本不想選邊站。如果人生沒有比賽，或許就沒輸贏，也就沒有成功者與失敗者的區別。

父母不開心，孩子也不會開心；父母開心，孩子也會被感染。希望全天下的父母都能了解，薪水不是衡量一個人的成功與否，真正該衡量的，是孩子的臉上有多少笑容。

懂得品嘗失敗，也是另一種成功。

約有　165,000,000　項結果（搜尋時間：0.22　秒）

選擇

做最好的選擇，勝過選擇最好的。

選擇比努力更重要。

昨晚十點半左右，抱著一堆剛買回來的二手書，正準備回家好好享受熱騰騰的文字，碰巧遇見一位剛下班的老朋友，西裝筆挺的坐在車內，搖下車窗向我打招呼。

他雖然臉上略帶微笑，但透明鏡片藏不住疲態雙眼，神情裡的無奈清楚可見。

這位朋友年紀和我相仿，是一位人來瘋的熱血分子，我們偶爾會聊到半夜，聊的是如何讓世界變得更有趣，一起批評不合理的社會現況。但即便言談再多想法，終要回歸現實，而他選擇投入一份幾乎沒日沒夜的業務工作，辛苦的不是開發陌生客戶，而是經常被公司主管扯後腿。

我沒有問他太多關於工作的事，反而比較擔心他。看著一個連平常走路都會感到快樂的人，現在卻只能在職場上苦中作樂，真替他感到委屈。但委屈的代價就是有個合理的收入，所以我認同他的選擇，沒有陪著他抱怨，只鼓勵他是個有正面能量的人，肯定會熬過。

吱吱作響的引擎聲，不願給我們太多時間聊天，很快就結束這次巧遇。

回家後，已經快十一點，換我開始工作，品嘗剛買來的文字，天馬行空的想法又蹦了出來。

我選擇一份沒有主管會站在面前嘮叨的工作，不斷想要學習與成長的欲望，卻一天比一天還強烈。雖然選擇的代價換來存摺收入的不穩定，平靜與喜悅卻很穩定的匯入另一本幸福存摺。

我花了好幾年的寶貴歲月在做選擇，接下來，要花一輩子的時間來努力投入我的選擇。

如果一個人的努力沒有換來喜悅，或許該給自己更多機會，選擇一些更值得付出的事物。

我們要做最好的選擇，不是選擇最好的。

約有 607,000,000 項結果（搜尋時間：0.30 秒）

拖延

認同自己的害怕，對體驗負責。

不知道要如何面對工作？不知道如何面對分開？不知道如何面對婚姻？遲遲無法做決定的人，往往都使用拖延戰術。

誰沒有在門前煩惱踱步、痛苦做決定過？如果可以在不知情的情形下做決定，可能會好過一點。但下了決定後，隨之而來的情緒可能是放棄、焦慮和內疚，為了淡化痛苦，人必須豎起防衛來對抗這些威脅，藉由拖延來避免放棄的感受，或者求助別人做決定而逃避焦慮和內疚。但有時，做出決定後也會有不可控制的變數，好比「你可以決定上床躺下，卻無法因此睡著」。因此，拖延成了逃避做決定最好的辦法。

如何提起勇氣做決定，避免拖延？

我們應該嘗試同意自己心中存在的焦慮和內疚，這是一股正向的建設力，認同它的存在，責任也就存在，接下來就該承擔起自己的責任，此時心中才會踏實，否則容易活在不負責任的模糊罪惡感之中。

在印度旅行時，有位學禪的歐洲友人分享「如何做決定」的經驗——

如果人的本質核心被否認或壓抑，就會生病，有時以明顯的方式，有時以隱微的方式。這種內在核心非常纖細微妙，很容易被習性和文化壓力戰勝，即使它受到否認，仍然一直潛藏，會不斷要求得到實現。每一次與我們核心的疏遠，每一個違反我們本性的罪過，都會被記錄在潛意識中，使我們鄙視自己。

某次，我和一位友人在散步中聊天，他問：「你有沒有想過請教自己，回歸自己當嚮導？其實，每個人裡面都有一個人，比本人更是自己。」

當時我懷疑他學禪學到走火入魔，現在才慢慢體會這個道理。今天當我面對不同困惑時，會先試著問自己：你現在怎麼想？

我不會再刻意隱藏害怕或空著急，會先冷靜、認同自己正在害怕，想想該如何處理這個害怕，自己又能做些什麼？慢慢的抽絲剝繭，不會把問題拋諸腦後，因為我們終究要對活在這個世界的一切體驗負責，對自己的生活、對所有的行為負責，如果把拖延當成習慣，整個人生也只能被拖延了。

拖延，是另一種看不見的壓抑。

約有 63,500,000 項結果（搜尋時間：0.26 秒）

決心

有決心，不怕沒有能力。

人們不缺乏力量，他們缺乏決心。——法國文豪維克多．雨果（1802-1885）

能力與決心，如果各是一顆惡魔果實，我會選擇吞下決心，把能力問題先擱一邊，因為能力無法隨手可得，決心俯拾即是。

觀察身旁曾經出走的朋友，比一般人多的不是解決問題的能力，而是決心，完成一件事的決心。

出走過的人，肯定不想被既有的城市拘束，有遠走他鄉不再回頭的欲望與衝動，但可實踐的人，寥寥無幾，因為社會的框架好比紅綠燈，守法的人可以舒服的活著，那些想闖黃燈的人往往都會被阻止。想放下雜念，不顧一切，要慢慢來，太著急會卡住，就像開手排車，離合器鬆太快，靈魂容易熄火。

有位厭倦都市生活的朋友，渴望到緩慢的城市生活，隻身前往泰國，旅途中遇見一位泰國人，最後放下臺灣的一切，開啟異國戀曲，並且嫁了過去。她不為了離開而離開，不為了出走而出走，而是為了對自己誠實，才有到遠方生活的決心。

她向我還原過去，當初花不少時間整理思緒，把全身上下所有積蓄帶在身上，飛往泰國，即使家人反對，還是堅持這個任性的決定，後來在泰國巧遇現在的先生，兩人結婚後定居清邁，過著陶淵明般的生活。

每次被人問：「到底何來勇氣？」她都會不厭其煩的說：「想做就做啊！」勇氣對她而言不管用，只有害怕的人需要勇氣，她不害怕，所以不需要。

現在的都市人，關心如何得到勇氣？如何有信心？如何面對恐懼？因為太關心，所以愈離愈遠。吃頓飯要別人推薦才敢吃；出去玩要看別人規畫才敢去；工作時要看別人臉色辦事。伸手向別人要，那是別人的，自己當然什麼也沒有。

我們什麼都不缺，只是單純，社會一直喊狼來了，說我們缺很大，所以就信了。真要缺，唯一缺的是，喜歡自己的決心。

約有 2,310,000 項結果（搜尋時間：0.25 秒）

文青

文學是思想，讀懂每個世代的無奈。

只要人越來越墮落，文學也就一落千丈。——德國劇作家歌德（1749-1832）

過去生活在臺北的日子，未曾參與過文學相關活動，自認一介草民，捏不著文學衣角，一度以為吃飽撐著沒事幹的人才會去讀文學書，倒不如讀理財、買房、成功學的實用書、到網咖打線上遊戲、享受召喚峽谷的快感。直到離開職場投入自由業後，才有時間自由閱讀，因此出現轉機，甚至主動去聽文學講座。

某天聽了作家雷驤與插畫家恩佐的文學創作分享，教室約有一百個座位，參與的男性聽眾用五根手指頭就可以清點完畢，雖然從課堂上獲得不少想法，卻也看到臺灣文學慘況，男人似乎不再關心文學。

倒不是說一定要讀過《莎士比亞》、《戰爭與和平》、《唐詩三百首》，變成風流才子，吟詩作對。如果說文學會激盪思維性的高潮，臺灣男生可能都處於性冷感狀態。文學彷彿獨守空閨的女人，只能被鎖在書架中，永遠不見天日。也難怪男人不懂女人，女人懂不了男人，因為腦袋瓜裝的文字不一樣，就像一個喜歡吃雞排的男人和一個喜歡吃素食的女人湊在一起，天天都會吵架。

許多人偏好翻譯文學，但始終都是經過加工的文字，就像大部分的加工素食產品，吞進肚不見得好。只能說臺灣讀者不願花錢買書，臺灣華文作者沒本錢寫書。認真到書店逛一圈，讀者幾乎偏愛加工食品，除非來個塑化劑事件，否則很難重視臺灣文學的重要性。

文學重要嗎？我比較在乎背後的思想。龍應台在《幼稚園大學》中說：

文學是思想。每一小時的課，學生除了必須花兩小時課前預讀，還得加上三小時的課後咀嚼與消化，否則，我付出的那一小時等於零。文學，也不是象牙塔裡的白日夢，學生必須將那一小時中所聽到的觀念帶到教室外面、校園外面，與廣大的宇宙和紛擾的現實世界銜接。否則，這個新的觀念也等於零。

這些都需要時間與空間，可是學生辦不到。他們的課程安排得滿滿的，像媒婆趕喜酒一樣，一場接一場。他們的腦子像一幅潑了大紅大紫、沒有一寸留白的畫。

我們如果不給學生時間與空間去思考，又怎麼能教他們如何思考呢？

出校園進職場，就像從集中營到了另一個集中營，每天行程被排得滿滿。如果在校園沒有學會思考，更別奢望職場主管會輕聲細語的教你如何思考。

自從接觸文學，工作的苦悶有了抒發管道，懂得品嘗苦澀情緒，發現自己並非異類，其實每個世代都少不了無奈。

讀文學的好處，簡單來說就是在另一個空間與時間，多了一個懂你的人，阻止你越來越墮落，並且督促你思考與成長，既然有這樣的好朋友，幹嘛拒絕？

約有 62,100,000 項結果（搜尋時間：0.28 秒）

恐懼

閱讀恐懼，找到真實自我。

有位忙於工作的朋友活在都會叢林的資本主義裡，個性變成巨獅，追逐金錢的速度與野心從未抹滅，又怕被這股自信吞噬，這種無法掌控的情緒讓他感到恐懼。「每次看到美麗的風景和國家，都會不自覺的羨慕和感傷——為何只能在臉書裡按讚？」他在臉書上留下這則訊息，我回說：或許你在乎的不是風景，而是希望找個地方歇會。

他嘗試離開臺北，但心離不開，情緒拉扯的力量更加難受。

前幾天他趁難得早晨，到公園享用早餐，也許是綠樹間散發出的負離子與負面情緒相互作用，得到負負得正的結果，一邊欣賞著陽光穿透綠葉的景致，一邊落著淚。他像一棵正在進行光合作用的樹，給乾枯的靈魂滋養。

他自我解嘲的說：青春年華怎如此不堪！

我反倒覺得這股恐懼是好現象，有能力的人才會感到害怕。好萊塢電影裡的超人、蜘蛛人、綠巨人，不也都因為具備能力而感到害怕？但我們往往缺乏「閱讀恐懼」的能力，習慣用假面的正向力量催眠自己不要害怕，要勇敢，要加油，因此少了正視恐懼的機會。

如果試著把恐懼當成故事來閱讀，如同文學作品中，最微小的故事往往是最豐富的，而我們所面臨最微小的恐懼，也可能是最真實的。以正確的方式看待，我們的恐懼是一項神奇的天賦。——美國小說家凱倫·湯普森

一般人面對恐懼時，容易跌入害怕的情緒中而忽略眼前真正要解決的問題，最後變成進退兩難。既然我們無法閃躲恐懼，不如正面對決，建構出自己的智囊團，大家一起開讀書會閱讀問題來源。

遇到突如其來的恐懼不知該如何是好？那就去問有經驗的長輩或先進，請教他

們如何處理恐懼。拿我來說，遇到恐懼時會先去運動，讓心情放鬆，換換眼前的風景，心情穩定後再把恐懼來源分類，詢求真正能協助我的朋友。如果把問題丟到錯的地方，只會延伸更多問題。好比求學問題終要在校園解決，職場問題終要在職場解決，情場問題終要在情場解決。再有能力的家人或朋友也無法代替你面對。

這位朋友需要的不是閱讀外面的風景，而是重新閱讀心中的恐懼，要進到害怕之中才有辦法找到真實的自己，否則過量的旅行，反而造成另一種心理負擔。

愛你的恐懼，它就會愛你；恨你的恐懼，它就會恨你。

約有 205,000,000 項結果（搜尋時間：0.35 秒）

拒絕

重新思索，勇敢拒絕。

勉強應允，不如坦誠拒絕。——法國文豪維克多．雨果（1802-1885）

有位朋友就讀臺科大大學部五年級，為了運用所學，投入知名劇團擔任行銷專員，是個有理想與抱負的年輕人。前幾天閒聊，已休學，並且六月底辭職。問他為什麼？只說想要找尋生活重心。

我沒有驚訝，也沒有太多追問，反而令他感到意外，說我是少數聽到這個消息卻沒有勸說或質疑的人。他身旁的朋友幾乎都說：「差一點就畢業了，為何不念完？」使他感到無奈與厭煩。大家只關心他為何做了錯誤決定，卻忽略他的心情。

接著，他像技術高超的外科醫生，開始剖析腦袋，找出問題後面的問題。他說學校老師太急，無法接受慢慢探索的過程；也曾經理性的挑戰老師，卻不斷被扯後腿，因為老師不允許被挑戰；又被工作無情的壓榨，對於心思細膩的他，有些情緒超載。我問他：

「接下來有什麼打算？」

「目前對未來還沒太多頭緒，慢慢試就對了。」

他深知這條路很難走，很崎嶇，很辛苦，但腳已踩出去。他拒絕忍受假烏托邦式的校園，拋下學歷與工作，認真思考該走出什麼樣的路，活像個現代版梭羅，想要找到心中的華爾騰湖，重新思索活著的意義。

> 談到人，最難了解的是對工作所抱持的觀念，以及自己要做的工作或社會需要他做的工作。世間萬物盡在過悠閒的日子，只有人類為生活而工作。因為不能不工作，於是生活在文明日益進步中便愈加複雜，隨時隨地是義務、責任、恐懼、障礙和野心，這些並不是生而有之，而是由人類社會所產生。——美國思想家梭羅（1817-1862）

朋友拒絕一個令人稱羨的好學歷，拒絕一個超時的好工作，拒絕成為一個社會所期待的有為青年。但我看到的是，一個對自己誠實，對自己勇敢，對自己負責的年輕人，因為他開始懂得拒絕。

我們最大的缺點，是不知如何拒絕別人。

約有 9,020,000 項結果（搜尋時間：0.26 秒）

尋找自我

輸得一敗塗地，勝過庸碌過一生。

我大學畢業一年，已經換了三份工作，目前在金融業，薪資四萬，與同儕相比收入還算不錯，卻完全失去生活品質，每天醒來都要克服工作壓力所引發的害怕，休假後想的都是星期一的職場焦慮感。

我想要試著出走，又擔心旅行結束後要在職場重新來一遍。

你曾經說要專注旅行，也要專注工作！現在的我害怕離職，害怕改變，害怕被笑是爛草莓，害怕沒有好成就，沒辦法專注工作，更別談要拋下工作專注於旅行。

這份工作有成長有挑戰，但真的是我想要的嗎？我真的很迷茫，到底要如何克服迷茫，追尋到自我呢？

Dear friend,

你並不迷茫，只是有些慌張。

這股慌張讓你展開一連串負面思考，甚至連打包行李走人的念頭都蠢蠢欲動，當你越害怕與難過，信心會越縮越小，只能任恐懼擺布。而且你比任何人還清楚，明明有能力出走，卻沒有勇氣面對出走後的問題，最後只能待在原地跺腳。

你害怕離職，但人生終究會離職，只是時間早晚的問題，如果一直焦慮下去，被炒魷魚是遲早的。

你害怕改變，但人生不斷在改變，尤其你變得越來越慌張，變成一個連自己都不認識的人，這才是最真實的改變。

你害怕嘲笑，但人生無法避免被嘲笑，能被大聲嘲笑的反而是最有力量的人。我們熟知的孔子、蘇格拉底、耶穌、釋迦牟尼四位聖者，在當時也被最多人嘲笑，甚至唾棄。

你害怕沒成就，但人生道路上比的不是成就，而是信念。真正能成就一個人的不是高收入工作或壯遊全世界，而是能否堅持一股信念，無論日子再苦再累，都能樂於享受生活，一直勇敢往前走。

無論你接下來選擇工作或旅行，同樣要面對人生的不明確。我認識不少旅人，回國後比出國前還焦慮，因為旅行絕對不是找尋自我、克服迷茫的萬靈丹。它像一種短暫的止痛藥，讓情緒得以安撫；有時也像大麻，容易麻痺人心使人上癮。反之，工作也不是成就一個人的威而鋼，真正健康的人不需要吃任何藥。

你可以試著列出職場上所引發的壓力，釐清焦慮的來源，因為最恐怖的焦慮就是不知道焦慮在哪。這有點像是旅行規畫，有些旅人經過適度的行程規畫，得以減少焦慮感，即使會害怕，也是帶著既期待又怕受傷害的心。

害怕與焦慮不會傷害你，會傷害你的是什麼都不做。至少你已經動手寫信，表示你還不願輕易放棄。先專注把害怕的原因找出來，或許就不會如此慌張。

活在這個世界上，最慘的不是輸得一敗塗地，而是庸庸碌碌過一生。

約有 131,000,000 項結果（搜尋時間：0.25 秒）

喜歡

專注於喜歡一件事，選擇去愛。

喜歡你喜歡的，很簡單；喜歡你不喜歡的，很複雜。

我最大的缺點就是容易喜歡一件事，喜歡上了，沒有任何人可以阻止我完成它；反之，不喜歡，沒有任何人可以強迫我完成它。直到被扔進社會的染缸、自以為懂事後，這樣單純喜歡的堅持，和我的黑髮同步退色中，因為太用力喜歡一件事更容易把自己弄傷。導致於要喜歡眼前的事物之前，腦子的運算速度已超越四核心，會自動篩選出優劣，為的只是保護自己免於受傷。

因此，我最近常常鼓勵自己要喜歡跌傷，喜歡受傷，喜歡難過，如果不這麼做，很容易忘記喜歡的感覺，只會強烈記得不喜歡的厭惡感。

前幾天在一場分享會上，有許多人問：旅行回國後，沒有人生方向怎麼辦？以及，如何克服旅行中的危險？

這些我都遭遇過，害怕過，也曾努力解決魔鬼般如影隨行的恐懼，我不斷向前面的魔鬼奮戰，經過長期抗戰下的精神損耗，長時間的休養後，赫然發現，原來背後一直有天使，因為太害怕所以忘了祂的存在，這位天使就叫「喜歡」。

沒人喜歡迷失的感覺，沒人喜歡危險，所以我們討厭危險，討厭迷失人生方向。我們不是沒有勇氣，只是少了「喜歡」的勇氣，而太專注於不喜歡的事物，所以受傷了，所以怕了。

可能是社會太複雜，我們更害怕單純，總以為單純的人會被吃死死，久而久之，複雜變成一種武器，任我們隨時砍傷自己。我們花大量的時間，研究如何處理複雜的問題，想把問題變簡單，往往適得其反，把簡單的問題變得更複雜。喜歡一個人，卻想著對方會不會喜歡你；喜歡閱讀，卻想著這本書會不會改變你；喜歡旅行，卻想著旅行結束後怎麼辦。喜歡變成一種害怕，害怕變成一種喜歡，被搞得渾渾噩噩。

一位嚮往旅行的朋友，主動參加活動，好不容易爭取到旅行基金，誰知道主辦單位把旅行變得很複雜，甚至要簽切結書，搞得像參加飢餓遊戲，沒有殺得你死我活不准回來，因此主動放棄這筆基金，要靠自己的力量出走。他喜歡世界，喜歡旅行的心大過於不喜歡這種結果，所以沒有停下移動的腳步。

社會把我們教得太聰明——求學一定要大格局，工作一定要賺大錢，旅行一定要壯遊，什麼都要大，連自己都快爆炸。其實，做好十件小事，也算一件大事。

沒錯，臺灣確實有很多令人不喜歡的媒體，不喜歡的體制，不喜歡的環境，但不能就此相信臺灣不好，因為還有許多令人喜歡的海洋，喜歡的高山，喜歡的人，這些都不會消失，會消失的只有人心。

其實，求學、工作、旅行、戀愛、追夢並不危險，危險的是「沒有足夠的喜歡」。

約有　37,100,000　項結果　（搜尋時間：0.32　秒）

誠實

因為誠實而被傷害，至少對得起自己。

要宣揚你的一切，不必用你的言語，要用你本來的面目。——法國思想家盧梭（1712-1778）

現代人眼中，誠實好比內褲，平常沒事不會脫下給人看，有些人甚至忘記洗，越穿越臭。

當過業務後，誠實變成一種技能，必要時才使用。業務太誠實，叫憨厚；太不誠實，叫油條，兩種人都不及格。當個憨厚的油條，裝糊塗，才是主管的最愛。

家人、戀人相處更是如此，過於誠實只會傷害彼此。小孩誠實的向父母說要追夢，往往得到過於現實的答案；對情人誠實，得到的回應經常出乎意料。有位朋友心儀某位女生，平常噓寒問暖，被嫌煩；不問，被嫌冷淡，被耍得團團轉。

一位朋友半開玩笑說：「朋友，拿出全部的誠實；戀人，拿出一半就行；夫妻，拿出四分之一就夠。」

如何拿捏誠實，成為社會必修課。誠實不是用來說嘴的東西，是一種實踐，我曾經在某場飯局中，深深受教。

一位舅舅，白手起家經商，事業有成。某次深夜，一家人與他在麵攤用餐，結帳時老闆算成二百五十元，舅舅仔細算過後發現是三百元，媽媽為了貪小便宜，以為賺到。我記憶中的商人錙銖必較，會把五十元當成賺到五十萬元。沒想到，舅舅立刻舉手叫回老闆重算一遍，媽媽想阻止，舅舅的反應，讓我永生難忘，雖然已過好幾年，記憶猶新。

他說：「人要賺的是大錢，賺這種小錢，成不了事。」他的財富來自誠實與氣度，也許是窮人太怕窮，更容易走捷徑，貪便宜，賺不了大財。

剛出社會工作，滿腦子想致富，能省則省，能貪則貪。三十之後才明白，想旅行就去旅行，想創業就去創業，想進修就去進修，對自己誠實，做喜歡的事，讓自己越喜歡自己，都是在投資自己。害怕失敗，貪安穩，貪平順，只會離自己越遠，也成不了大事。

如果你對情人誠實，你就會失去情人。她會離開你，或者她會嫁給你。——藝術家朱德庸

約有 3,060,000 項結果（搜尋時間：0.26 秒）

慢下來

沒有解決 不了的問題，只有解決不了的人。

我去年剛大學畢業，以為可以順利找到工作，找了一年多仍然失業，於是隨便找了兼職工作，做了一年多之後，終於在今年五月找到了一份正職的客服工作。

我從未接觸電話服務業，慢慢發現和自己想像中的落差極大。一通電話必須控制在幾分鐘內結束，一天又必須講到一定的小時數，而且還有業績壓力，我本來就不擅長溝通，職場壓力感覺更吃力，已經做了一個多月，仍然無法適應。

每天上班不斷地抄寫筆記，努力學話術，回到家也都不斷複習筆記，天天熬夜到凌晨才睡覺，我總是花比別人多的時間在學習，結果卻無法成正比，甚至還差了一大截，又因為業績低落被主管約談。對於自己沒有適度的進步，感到十分沮喪，每天一想到要上班，眼淚就想蹦出來。

每天上班都活像在地獄，主管就像閻羅王喜歡審判人，還奪走我大部分的生活時間，已經無法用難過來形容。

我沒有一技之長或才藝，每當大家問我想做什麼工作，根本無法回答，因為我連自己要什麼都不知道，人生方向與目標都沒有，對於這樣的自己，往哪走真的重要嗎？我嘗試要換新工作，但又不知道自己該做什麼？也不知道自己適合什麼？目前只好苦撐，做一天算一天。

曾經有人對我說：妳喜歡什麼，就去做什麼，只要不違法或危害到他人就好。

後來發現喜歡調酒，但要從事相關的工作都會忙到凌晨，與家人的作息就會衝突，相處的時間也會變少。曾經與家人提及想從事調酒工作，父母一句話打死我：一個女生工作到凌晨才回家，太危險了！

我也喜歡文化藝術，但非本科畢業生，也曾厚著臉皮投了許多履歷，得到的還是一堆拒絕，這樣工作上的低潮已經好一陣子，越想嘗試，得到的拒絕也越多。自己似乎一事無成，什麼都不會，想做點什麼，除了感到無力又找不到施力點。

我無法勝任此工作，卻不敢輕易放棄並且離開，因為怕父母擔心，怕三姑六婆閒言閒語，怕父母難過。我曾想辭掉這份工作，獨自去環島，但失去經濟來源，又該如何照顧父母？我到底該前進、後退，還是站在原地？完全沒了頭緒。

Dear friend,

妳的徬徨失措，來自於著急。

妳所處的職場是個高速度、高競爭、高淘汰的環境，是個非常值得挑戰的工作，如果沒有足夠的學習速度，會馬上落後他人，這種挫折感不是一般人所能承受的。當妳無法承受自我的期待、主管的期待、父母的期待時，情緒肯定會全面失控，如同一臺失速的車子，只能車毀或人亡。過於著急，只會加重妳的徬徨負擔。

職場有如戰場，不是帶著鋼盔拚命往前衝就行，而是要清楚知道自己手上有什麼武器，擁有什麼樣的資源，以及要面對什麼樣的敵人。

妳說自己不善溝通，其實這就是一種武器。那些會遭到客訴的員工，都是為了和客戶爭道理，自以為能言善道。大部分電話另一頭的客戶，才是最不善溝通的人，所以常會掛人電話，妳反而可以問問自己，討厭何種煩人話術，不要重蹈覆轍。用自己的溝通方式和客戶對話，妳的手上才有武器，否則只是拿著菜刀的屠夫，立刻會被狙擊手爆頭。

妳說自己沒有一技之長，其實這就是一種無形資源，因為妳不用被某種專長所局限。我認識一些朋友，如果家人是商人，就會被迫經商；如果家人是醫生，就會被迫行醫；如果家人是學者，就會被迫從教。他們沒有權利選擇自己想要的專長，如果要像妳一樣選擇調酒或文化藝術，還可能會被逐出家門。至少妳還可以自由選擇，不用受人指使，但能否善用這種無形資源，要看妳如何解讀。

妳說自己被主管約談，讓家人擔心，投許多履歷被拒絕，但這些都不是敵人，真正最大的敵人是自己。因為只要妳肯努力，進步多一點，主管不會沒事找麻煩；家人真正會擔心的是孩子活得不開心，只要妳能不斷勇敢嘗試，父母就不會擔心；投履歷被拒絕是常有的事，因為企業要找人才，並非天才。如果妳真是天才，更會被社會拒絕，因為這個世界的統治者，大多是蠢才。別人可以擊倒妳，但無法殺死妳，真正會殺死人的是負面情緒。

常常有人說退一步海闊天空，但如果後面是斷崖，妳還敢退嗎？

妳現在不用急著前進或後退，因為在難過的情緒下做決定，往往最不恰當。妳可以先穩住陣腳，找個好地方、好時間、好環境與自己獨處，試著問自己：是否還有信心克服眼前的工作？如果沒有，即使換份新工作或者不顧家人因素跑去旅行．真的能解決目前遭遇的困難嗎？如果有信心，又該如何執行改變計畫？到底是害怕主管，還是害怕客戶，還是學習方式不對？想盡辦法找出問題。這個世界上沒有解決不了的問題，只有解決不了的人。

人對了，問題就沒有；人不對，問題沒救。

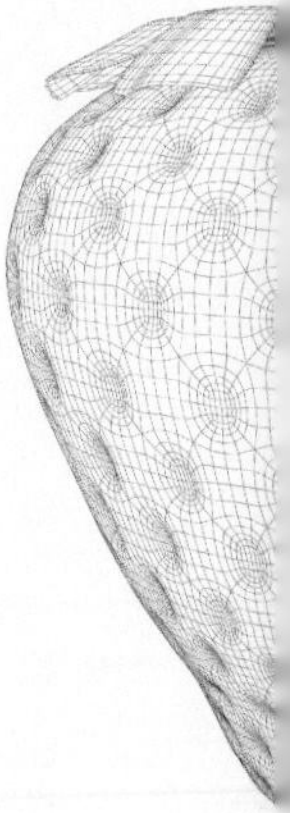

第四章——

CHAPTER 4

流浪

出去走走，別管流浪與否。
我們終究要走自己的路，
旅行太像三毛，是哪兒也到不了的。

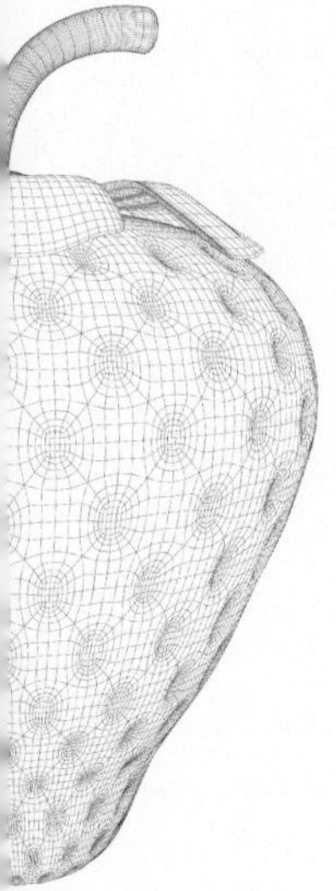

放下

放下越多，得到越多。

也許人生就是不斷地放下。然而令人痛心的是，我都沒能好好地與他們道別。——《少年Pi的奇幻漂流》

新書作者，不免俗的要上廣播節目推書、打書、賣書。一般節目都會有中場休息時間，此時寂寥的錄音室，主持人為了避免冷場，會簡單寒暄。但或許我不是九把刀、侯文詠，所以沒有必要認識我，曾遇見主持人自顧自玩臉書或寶石方塊。以前因為害羞，只會呆坐在椅子上，心中另一個我習慣在地上畫圈圈。後來想一想，倒不如在這時候主動交朋友，藉此關心這群陌生人。現在都會習慣性的問主持人：接下來要去哪裡旅行？

一直以為這群人會開心暢談旅行，事實卻相反，看到他們臉上彷彿掛著鉛塊，接著倒抽一口氣，嘆出來的怨氣比貞子還嚇人。他們的收入早有環遊世界的能力，卻比一個大學畢業生更害怕出走。因為放不下事業，放不下家庭，放不下擔憂。處於競爭的工作環境，不能輕易抽離，一不小心被世人遺忘，馬上失去經濟收入。

責任與壓力，堆積如山，也難怪許多藝人要抽毒品來紓壓。他們的收入也許多一些，笑容不見得比較多。認真想想，臺面上的公眾人物，多少人有勇氣放下一切，到國外休息或充電？

每當被主持人問到：哪來的勇氣出走？其實很想反問，你們為何沒勇氣出走？今天和朋友聊到「放下越多，得到越多」，過去的我只會摸摸頭冒問號：放下不就代表放棄，應該是失去越多吧？走了一圈回來後，慢慢體悟到，手中空無一物也是另一種擁有，還能省掉不少力氣。

到底如何得到勇氣？也許先把害怕放掉，勇氣就進來了。就像停車一樣，停車格裡面的車不移開，下一臺車要怎麼進去？

放下，舉起，放下，舉起，肌肉就長出來了。似人生，要放下，要舉起，有肌肉承受重量，就有能力承擔更多責任。我們就像電影中的少年Pi，老虎就像現實社會，殺來殺去，兩敗俱傷，學會如何相互共存才是最重要的任務。學會道別，才能安然放下。

約有 263,000,000 項結果（搜尋時間：0.23 秒）

離開

不離開山腳，怎到得了山頂。

懂得離開的人，會比較快樂。——電影《南方小羊牧場》

有次參加一個活動，受邀訪問三位旅行家，他們在自己的領域都有亮麗表現，離開臺灣的理由各別是，探索世界、挑戰世界、幫助世界。他們都是離開原本的地方後，找到人生快樂的方法。

主持當下，好奇問了他們：「如果沒離開臺灣去旅行，你們會變成什麼樣？」大家的表情略顯沉重，麥克風遞給第一位講者時，他的眼神透露出苦惱，似乎自己問了一個笨問題。有人說可能會鬱悶工作到死，沒機會認識世界。最後一位講者逗趣的說，你曾經在高原上打過躲避球嗎？你曾經掉進糞坑嗎？你曾經體會快馬加鞭騎在馬上的滋味嗎？如果不離開臺灣，永遠不會知道這種感覺。

我二十六歲時在一間傳統老企業上班，當時我問自己，如果沒有放膽離開臺灣去旅行，接下來的人生會是如何？

我觀察公司經理，認真的沙盤推演，如果不小心成為他，會有什麼結果。首先，會有一個專屬車位，一臺國產車，一個專屬辦公桌，每天坐在桌前看數字報表，整天擔心業務員績效不足，還要把桌子整理得一塵不染，一年裡臉上笑容屈指可數，房間櫃子只裝得下西裝與領帶，為了擁有一間房子而繳貸款，每天看著存款簿裡的數字緩慢成長，被吵起床的只有一個鬧鐘沒有一個夢想。

我當然不一定能爬上經理位置，但最重要的是，這樣的生活方式適合我嗎？即使有兩個專屬車位，兩臺跑車，一間豪宅，還不是一樣要每天看數字報表，擔心身上的錢突然又被哪個海嘯吃掉，死前甚至要擔心這些銀子怎麼分配。

臺灣社會漸漸不鼓勵年輕人離開，大人鼓勵有學校就讀，有工作就做，有飯吃就行，兩人在一起久了就娶就嫁，沒事不要亂跑。其實，打從母親懷胎，小孩就要離開母體；接著離開家去學校，大了離開學校去工作，老了離開工作退休去；最後離開愛你的親人，到最遙遠的未知世界。

不離開山腳下，怎麼到達山頂；不離開原地，怎麼到達終點；不離開最熟悉的地方，怎麼懂得從分離中得到經驗與感受，讓自己學會成長。

我們一直在經歷離開，卻也一直害怕離開，然而真正的傷害，是不捨離開。

旅行

換一個地方生活，有生活才有旅行。

沒有醞釀，沒有生活，何來旅行。

每當有人問：「我要去某個地方旅行，如何規畫行程？」我都會逃之夭夭。當我建議專心在一座城市，他們會透露不屑的眼神，罵我浪費時間。臺灣人徹底把不浪費的精神實踐在旅行，把旅行變成吃到飽，知名景點好比一道道佳餚，相機是巨獸，快門張牙舞爪，一直吃一直吃，把世界吞進肚，回國後，傷肚子也傷腦子。

一個人相遇一座陌生城市，是一種快感，一種享受，就像男人在路上遇見一位陌生女子，有分上半身與下半身兩種感受。

到了別人的地盤，追美食、追景點，是另一種尋求刺激的表現過程。許多人求滿足，求一瞬間的愉悅，在床上，在城市，都能達到高潮，只是換了不同的接收器官。因為對自己家鄉的冷漠與冷感，理當向別人討，如果旅行是一種戀愛，我們都拚命享受找小三的過程，因為不違法。通常這樣回到家，肯定無法乖乖待住。

也許，我們要和城市戀愛，不是一味的做愛。談戀愛才會長久，做愛維持不久。有位馬來西亞朋友，帶著簡單的行李與心情來臺灣旅行，問他想去哪？回說只想要海報，要找電影《不能沒有你》的海報。我還是第一次遇見想要帶這樣伴手禮回家的人。臺灣不流行的，反倒流行出去。

帶他到公館附近的寶藏巖，當天冷颼颼像座鬼城，因為一個人也沒有，所以一點噪音也沒有，只是簡單散步，隨興聊天，他的臉上卻有嬰兒般的笑容。

之後我們又跑去教育的前哨站——臺灣大學，要讓他認識學生的活力，體會臺灣年輕人的熱情。坐在樹下聊天時，有學生跑來發活動傳單，是一群臺大學生和中國學生要去雲南進行社會服務；又有另一位學生跑來希望協助填問卷，是一位香港的交換生，題目是「臺灣與香港社會的認知差異」。接著不小心聊到臺灣社會的現況，不敢聊得深入，怕情緒抽離不出來，想想每個國家的年輕人都有自己要面對的問題，好像也不用小題大作。

走在椰林大道上，看著兩側的杜鵑花，他的感動高過一〇一大樓，沒有隨處可見的名牌商店，沒有隨處可見的觀光客，這樣的生活，才屬於臺灣人。

可惜的是，跑了幾家碩果僅存的海報店，賣的都是香港四大天王時代的海報，他沒有失望，他的行動就是最好的禮物。他知道如果帶太多東西回家，只會是另一種負擔。來臺北，清空自己，把更多感情留給家鄉。

幾天後，看著他分享與家人、家鄉的照片，這趟臺灣行讓他更愛自己的生活。難怪有人說，臺灣不適合觀光，只適合生活。

這位馬來西亞朋友，選擇和臺灣談戀愛，不做愛。

臺灣到底有什麼比別人好的地方？也許不是房子蓋得比別人高、名牌商店比別人華麗、小籠包比別人多汁，而是我們可以有很多屬於自己的生活方式。

有了生活，旅行也就不重要了；沒了生活，旅行再重要也沒用。

約有 8,380,000 項結果（搜尋時間：0.24 秒）

迷惘

享受迷惘的過程，尊重自己。

不要害怕迷惘。應該害怕的是，除了迷惘，什麼也不做。——作家九把刀

談起人生中最迷惘的時候，不是學生時代選科系或是出社會後選職業，而是去追夢旅行一年的流浪最不知所措。那時腦中對未來一片黑暗，可以說是伸手不見五指，回來後也不主動鼓勵旅行這件事，深怕一條小船出航後，會遇見未知的暴風雨而迷失在無際的汪洋中，除非旅行者已做好心理準備，否則還是別輕易出航。

曾以為離開臺灣到世界各地旅行，是自己人生的全部，出走那年二十七歲，打算先流浪一年之後再前往澳洲、日本打工渡假各一年，想在三十歲前當個職業旅人。

出發後的半年，甚至提早辦好澳簽，訂好機票，可順利接續澳洲旅行。沒想到，後來卻做了一個足以改變人生方向的決擇——決定回臺灣工作。

為何當時的我想一直旅行？可能只有轉身，只有出走，只有離開能讓我忘掉心中的不滿，給我短暫的快樂。旅行之所以吸引人，在於它的神祕與不可預期性，但是當一位旅人不再期待旅行會帶來新鮮感，只為了移動而移動，看見新風景不會感動，認識新朋友沒有成長，彷彿只有軀體移動，靈魂留在原地，這種旅行比待在辦公室上班還悲慘。

我親身經歷過這樣的過程，大老遠搭飛機到了異地，卻沒有絲毫的感動。如果要用一個學名來形容這樣的狀態，應該是「旅行憂鬱症」，那時只想躲在旅舍，怕移動，怕和陌生人交涉。

當時的旅行已無法再滿足我，我又把旅行當成全部，這樣的終極矛盾，就像電影《深夜加油站遇見蘇格拉底》的主角，有天和老人爬了三個小時才到山頂，因為老人說要帶他看前所未有的風景，但最後只看到一塊平凡無奇的石頭。主角很生氣，以為有什麼特別的，但老人說：你一路走來都很興奮，很開心，不是嗎？

可惜當時心中少了一位蘇格拉底，一直被無形的煩惱所困惑，直到旅行結束後才發現，如果過於期待外面的世界會帶來改變，回家後又遇見一成不變的自己，這樣的期待落空之下，更容易陷入迷惘，就像九把刀說的：除了迷惘，什麼也不做。極度渴望的結果，會使人忽略生命過程中的收穫，真正的收穫應該是「行動」而非「結果」。

《深夜加油站遇見蘇格拉底》——

重新認識自己，心智的噪音、內心的無力、過去的包袱、未來的期許，在榮耀、歡樂、成就後突然來的一場車禍是幸？不幸？

一切的事情都有目的，就看你怎麼善用它！

沒有所謂的意外，每一件事情都是一項功課！

生命並非私人事務，唯有透過與他人分享故事的教訓才具有意義。

回臺灣這幾年，透過與朋友分享以及寫作，才慢慢重新詮釋旅行帶來的改變，開始治癒旅行憂鬱症，從迷惘中走出來。再次旅行臺灣後，才重新找回離開的意義，不像過去一味只想追求臺灣以外的世界。

如果你接下來想要流浪，只要做好享受迷惘的過程就行了。自己有什麼樣的價值，取決於自己的認知，而不是其他人的定義。只有尊重自己，才能看到屬於自己的價值。

約有 506,000 項結果（搜尋時間：0.29 秒）

徒步

勿忘緩慢移動的樂趣，找到自己的速度。

很多人喜歡旅行，但有更多人喜歡存夠錢後再去旅行，不少人被困在金錢漩渦，整天與鈔票搏鬥。到底要準備多少錢才能去旅行？永遠是個謎。真的非要有錢才能旅行？

美國思想家梭羅（1817-1862）喜歡旅行，強烈反對瘋狂工作的人生。他喜歡移動，卻反對當時的美國修建鐵路，認為搭火車移動的人，最不符合經濟效益。他跟友人說：「我已經學到，速度最快的旅行者，是徒步旅行的人。你坐火車我徒步，試試看誰先到達費茲堡？」

友人笑他傻，他不理會的接著說：「以路程三十里來計算，車資是九角錢。要知道九角錢幾乎等於一天的工資。我記得先前修這條鐵路的勞工，工資每天是六角。我現在徒步出發，天黑以前就能到達，我曾經以這個速度連續旅行過一星期。在同一時間內，因為你必須工作賺取車資，所以要明天或今晚才能到達，這還得靠運氣，要能及時找到工作才行。

「你不能即刻去費茲堡，又必須花幾乎整天的時間投入工作。同樣地，即使鐵路能環行整個世界，我想我仍走在你的前頭。至於看看那裡的鄉村、體驗人生之類的事，你就更望塵莫及了。」

到了現代，徒步的費用可能還比搭交通工具貴，但我們仍然可以反思徒步所帶來的意義，從移動的快慢間，找到最適合自己的旅行移動速度。

我認識一些喜愛徒步的旅者，經常被資本主義者取笑，殊不知取笑的同時，對一個出生於大自然的人類來說，他們反倒忘了享受雙腳徒步的樂趣，甘願當個工作奴，把一輩子的人生關在辦公室裡，做個自以為聰明的動物。

全世界的動物，只有人類懂得善用文明的交通工具去旅行，而人類卻忘記享受緩慢移動的樂趣，一直在追趕快速與效率。

約有 4,120,000 項結果（搜尋時間：0.26 秒）

家人

帶著愛出走，不帶著無奈離開。

我今年應屆畢業，計畫在臺灣工作一年，之後再去打工渡假，可是爸媽極度反對，所以不敢向他們深談，只是稍微提一下有這個想法，目前不知該如何是好？兩年前報考公職，當初沒想清楚，只是跟著同學一起報考，想說是一份穩定的工作。日子久了，越來越清楚自己個性不適合那種規規矩矩打卡、準時上下班的工作。我喜歡新鮮刺激、能挑戰自己能力的職業。

都怪自己太天真，當初把話說得太滿，說一定要考上，導致爸媽懷抱希望。一直到現在念書念到痛苦不已，所以想給自己另一條路，去打工渡假，體驗不一樣的世界，到外面闖闖看。可是如果用這個理由去向爸媽說，他們一定會覺得現在年輕人的想法太單純、太理想，不切實際。

現在我只想追求夢想，去實踐自我，不想這樣安安靜靜的度過一生。但真的不知道該怎麼跟父母說，怕他們會接受不了這個事實，所以想問一些建議。

Dear friend,

一時的錯誤不算什麼，錯而不改才是一生中永遠且最大的錯誤。

妳喜歡新鮮刺激、能挑戰自己能力的職業，不幸的是，公職人員正好符合以上條件。人生最大的挑戰就是讓無趣的工作變成有趣，應該沒有比公職更具挑戰。而且妳還是個考生，並未正式考上公職並投入職場，妳所想像的都還沒有發生，就像怕水的人總認為下水就像遇見鹽酸，一碰就會死掉。

妳有可能只是不想待在整齊的教室和一群不苟言笑、為考試而戰的人相處，這和喜不喜歡公職沒有太大的關係。

有次我去郵局處理事情，發現員工相處甚歡；我也認識一些學校老師，很樂於教育這份工作；我有些朋友在公家機關上班，反而有更多屬於自己的時間去享受新鮮刺激的休假時光。

我沒有鼓勵大家考公職比較好，因為我們偶爾會活在自以為對的世界裡，為了避免害怕而選擇對自己最有利的。

只是，我當初也以為工作就是要不斷新鮮刺激，等投入職場才發現，每天都只有新鮮的工作或是被工作刺激，休假後，根本沒有多餘的精力再接受新鮮事物與刺激生活。

妳想要出國打工渡假、體驗世界、追求夢想、實踐自我，這是很棒的決定。但要滿足以上這些條件，是否只能走上出國這條路？

在臺灣也可以打工渡假，投入職場也是體驗世界的一種，待在臺灣同樣可以追求夢想、實踐自我。如果這些都被妳否決的話，我贊同妳馬上出走；如果不是，更應該思考出國是否變成逃避困難的藉口？

如果不去會死，非出國不可，妳要做的就是向父母承認自己的錯誤，這不是為了討好他們，而是為了承擔起接下來要出走的責任。真正會成長的人都勇於認錯，不認錯的人誤以為自己在成長。

妳的父母生下不願屈服、勇於挑戰、這麼頑固的妳，你們都在同一個家庭彼此學習與成長，給對方機會就是給自己機會。妳可能因為考試不順利，又被迫在畢業前夕做人生最大的決定，害怕無法獲得父母認同，這些複雜的情緒讓妳感到焦慮。試著更相信父母是愛妳的，唯有這樣，才能帶著愛出走。如果帶著無奈與難過離開，只不過是一場美麗的拖延戰術，最後問題始終存在。

約有 6,930,000 項結果（搜尋時間：0.31 秒）

責任

負起責任，得到自由。

逃離既定的安穩模式需要勇氣，我想了很久才敢告訴父母我的想法，很訝異他們只是希望我能找到旅伴就行，而不是阻止我。希望在圓夢之前我能完成工作上的責任義務，接著明年六月去單車環法。

Dear friend,

當我們認真想完成一件生命中很重要的事，真正能阻止你的只有自己，其他人都沒有權利擊倒你。

你對工作負責任的態度，是為旅行而預備的，因為你即將追求自由，但真正能得到自由的人，是那些真正負起責任的人。如果只是為了滿足夢想而忽略眼前該完成的責任，即使擁有夢想，獲得的自由也是短暫的，到頭來還是要處理爛攤子。

世界上沒有一件事比放下一切出走來得更具挑戰，當你下定決心後，一切的不安會立刻湧上心頭，這些不安正是每個人生命中最擔憂的事，可能是工作、人生方向、親子關係、伴侶關係，越害怕這些不安也就越手足無措，所以常常有人害怕獨自旅行，精確一點來說是害怕獨自處理旅行前的人生問題。

隨著時代的演化，要找工作很容易，只要上網投履歷即可，但如何在眾多職缺中找到適合自己的位置，反而變成最大的問題，根本還沒工作就先被自己打敗。反觀旅行，資訊越來越透明，機票越來越便宜，但要去哪旅行？如何在旅行找到自己？也變成最大的問題，根本還沒開始旅行就被自己打倒。

旅行一直給人可以圓夢的印象，彷彿每位旅人歸來就像偉大的英雄，辛苦工作的上班族好比無知的老百姓，理當被解放，逃不了的人就該變成奴隸？逃走後就不會變成奴隸嗎？

如果有人不斷鼓勵你三十歲前一定要去旅行，如同有人叫你三十歲前要買房或存錢是同樣道理，只是用不同的方式鼓勵人們追求欲望，前者看似比較高尚，所以人們才更加推崇。

人生並不只有旅行或工作的責任，這些只是生命中的一部分，最重要的是對自己的人生負起責任。如果問我人生的責任在哪裡？我想應該就是找到一件自己最在乎的事，想盡辦法完成它。

假如不知道該做什麼，那就更要把眼前的事做好，不是嘴裡啃雞腿卻想著別人手上的漢堡。有時候，單純把事做好，人生的道理就會冒出來。只會冒出害怕情緒，不去處理它，始終不會讓生活變得更好。

如果你覺得旅行是一種責任，那就完成它，因為不完成，只會使你的人生永遠少了一股責任感。

約有 1,820,000 項結果（搜尋時間：0.18 秒）

衝動

寧為忠於自我的笨蛋，不當聰明的騙子。

我目前在醫院任職護理師，剛出社會工作滿兩年，學生時期喜歡利用暑假出去旅行，一直想存個幾年的錢，把工作辭掉去認識這個世界。我深信，如果沒做這件事，肯定後悔一輩子。最近因為工作上的一些煩事而有提前離職的念頭，計畫明年三月提辭呈，但隨著時間的逼近，離職的念頭反倒開始搖擺不定，心中理想與現實間的拉扯，讓我有股莫名的擔憂。

存的錢夠嗎？

一個人去南美洲真的沒問題嗎？

有辦法長時間旅行嗎？

回來要重新找工作，重新適應環境，我真的有辦法嗎？

我經常想起美國作家馬克·吐溫（1835-1910）這段話：「二十年後，你會懊悔更多的不是已經做過的事，而是那些現在沒去做的事。所以，拋開繩結，駛離安全的港灣，掌握你的風向。勇敢地冒險、逐夢、探索吧！」

我發現自己可能已經身陷舒適圈裡，缺少說走就走的勇氣，似乎讓我開始質疑自己。到底旅行，是否需要一股衝動呢？

Dear friend,

有時候，「衝動」是為了不要讓自己一直害怕下去。

有兩位諾貝爾和平獎得主，一位是一九五三年獲獎的德國哲學家史懷哲，另一位是一九七九獲獎的德蕾莎修女，這兩位時代的先鋒者，同樣具有衝動性格。網路上有兩個關於他們的故事——

史懷哲在二十五歲時看到非洲缺乏醫療人員的報導，原本就讀哲學的他決定重新投入醫學，不畏艱苦，花七年的時間取得醫學博士學位，奔赴蠻荒，義無反顧。他大半生都投身於熱帶叢林，為解救當地土著的身心而努力，這個決定一待就是三十五年。他親自和當地人一起建醫院、自製磚頭、配藥方、墾荒地、拓農場。

在非洲義診時他看到各種病痛，但他認為他們最大的敵人是對病痛的錯誤觀念，以及懶散、偷竊的習性。他說：「真正幸福的人，是那些已經開始尋求並知道如何服務他人的人。」

德蕾莎修女則是在十八歲時到印度接受傳教士訓練，她在二十七歲完成修會的訓練，正式宣誓成為修女，並被指派到隸屬加爾各答 Loreto 姐妹會的聖瑪麗亞女中擔任校長。該校是個貴族學校，學生皆來自孟加拉的上流階層。

Loreto 姐妹會在印度開辦了幾所頂尖的貴族學校，當地的仕紳把孩子送入這些學校，期望他們能接受最好的教育。然而，聖瑪麗亞女中的牆外卻布滿了髒亂、汙穢的貧民窟。德蕾莎修女在 Loreto 姐妹會的修道院十年，深知自己並非想要停留在聖瑪麗亞女中。修道院的生活既舒適又穩妥，她後來承認，離開修道院走入貧民窟是一個艱難的抉擇，因為對她而言，脫離修道院的痛苦與煎熬，更勝過她當年離開家人與朋友、進入修道院的決定。

德蕾莎要離開修道院時，修會的上司曾與她約談並試圖勸阻。其實，她清楚知道，一旦脫去修會的修女袍，她就失去了修會的支援，也沒有什麼人能幫助她，但她依然堅持出走這個決定。最後，修會終於點頭同意。她在四十歲那年與其他十二位修女成立仁愛傳教會，一直為窮人服務四十七個年頭，直到八十七歲在加爾各答逝世。她說：「窮人給我們的，遠多於我們給他們的；窮人堅毅無比，沒有食物，日子照過，有些不怨天、不尤人，我們不配同情他們，我們要向他們學習的地方還多得很呢！」

看完這兩個故事，你是否也認為他們具有衝動性格？如果他們少了這股衝動，或許會過著一輩子的舒適生活，偶爾捐個錢，憐憫一下新聞裡的窮人，證明自己還有愛。

妳想離職旅行，是怕自己在目前的職位上少了對愛的付出。史懷哲和德蕾莎修女都是藉由旅行去認識世界，在陌生的城市為陌生人付出一輩子的時間。德蕾莎修女曾說：「小事雖小，但是在小事上忠誠卻是一大成就。」說不定，妳旅行的選擇對他人來說是不起眼的小事，其實妳只是想做一個忠於自己的笨蛋，不想當個聰明的騙子，欺騙自己一輩子。

妳目前擔憂的或許不重要，而是旅行完後是否有足夠的愛去關心自己以及他人？

愛不是將自己剩餘的、不要的分給別人；而是以全心將自己所有的、心愛的分給大家。——《德蕾莎修女》

約有 5,920,000 項結果（搜尋時間：0.27 秒）

方法

用對方法，就有對的旅行。

有位十六歲的年輕人問我：該用什麼方法去旅行？

我愣了一會，因為從來沒有思考過這個問題。如果問我攝影的方法，不就用眼睛？問讀書的方法，不就用腦袋？問說話的方法，不就用嘴巴？我無法當面告訴他「旅行的方法，不就用腳走？」他可能會覺得我在取笑他。左思右想之下，苦於找不出好答案回應。直到最近看了一篇小故事，如釋重負。

有個年輕人問美國名作家海明威寫作的方法，海明威說：「我不能幫你忙，小傢伙。你所寫的比我十九歲時寫的要好得多。問題是你寫得太像我。如果太像我，你是哪兒也到不了的。」

海明威指的不單是寫作，而是思維。如果跟著海明威走，不論到非洲去打獵，到西班牙去鬥牛，到巴黎莎士比亞書店，都只能跟在他的腳後跟。我們終究要走自己的路，因為世界上只有一位海明威。

沒錯，如果畫畫太像畢卡索，是哪兒也到不了的；如果唱歌太像周杰倫，是哪兒也到不了的；如果旅行太像三毛，是哪兒也到不了的。

後來回了一封信給這位年輕人：「旅行的方法就是『跟著自己走』就對了！」

我直到三十歲才知道，人生的路就是要不斷跟著自己走。希望這位十六歲的年輕人能出門趁早跟著自己走。

旅行之所以快樂，因為路上的人都是快樂的。

約有 1,610,000 項結果（搜尋時間：0.24 秒）

金錢

金錢只能實現旅行，無法滿足旅行中的自我。

我二十四歲，是一位出社會工作四年的護理人員，從學校畢業後想看看外面的世界，但考量到家庭經濟，二十歲畢業後就直接投入職場。

漸漸的，因為有了工作，家中經濟有了改善，不用在外頭租房子，接著買了一棟房子，不小心有了房貸和信貸，還有就學貸款。

工作幾年下來，突然想在二十六歲時去澳洲打工渡假，卻擔心家庭經濟收入會因此受影響，會不會出去以後才發現，打工的薪水根本不夠支付旅費，還沒辦法寄錢回家，造成家人負擔，所以最近被困在金錢迷宮裡。心中另一個念頭卻告訴我，人生就這麼一次，如果三十歲前不做，三十歲之後再也不可能去做！

Dear friend,

妳正在猶豫要不要放下工作，扛著負債去旅行，這個看似困難的問題，簡單來說，如果妳無法說服自己先還二十年房貸後再去旅行，建議妳可以馬上開始打包行李，因為如果現在不出門，妳可能會帶著無奈的悔恨還債二十年，這股怨氣足夠拍好幾季的鬼片。

不用擔心出門後會造成家人負擔，因為妳在臺灣這些血汗工廠都能把自己以及家人照顧好，自然不用煩惱工作條件更好的澳洲。當然，沒有人敢肯定在澳洲努力工作一定有好收入，但不努力肯定不會有好收入，這個道理和在臺灣工作是相同的。

妳的情緒複雜，可能是因為怕堅持出走一年會造成別人一年的負擔，心中的道德與責任感在互賞巴掌，所以不知所措。

不瞞妳說，旅行前我帶著罪惡感出走，以為它會隨著時間流逝而消失，一路上它卻像影子般黏著我，直到回國後還是纏著我。這股罪惡源自於想要逃離所產生的副作用。我只想逃離熟悉的場景，到最陌生最安靜的環境重新檢視不開心的自己，我把旅行當成唯一的逃生口，以為逃出去就能得救。沒想到，逃了地球一圈，竟然又看到原來的自己還站在原地，向我招手。

不顧一切的背包旅程看似英勇，好像不留遺憾，其實心中藏著最大的遺憾是：不曾真心愛過家人以及熟悉的土地。

如果妳真要出走，不用害怕造成家人的負擔，這是成就妳肩膀的時刻。越是有能力的人，肩膀越厚實。這趟旅程，妳會暫時體驗失去金錢依靠的感覺，是冒險，也是挑戰。妳可能會發現，金錢可以實現妳的旅行，卻無法滿足旅行中的妳。妳甚至會重新看待金錢的價值與意義，因為妳這麼年輕就努力付出生命去賺錢，如果無法實現自己的旅行夢，未來的妳會質疑自己的付出是為了誰？

一個人，總不能付出一輩子後，發現自己被掏光，最後沒了自己。出走後，還是無法放下家人的話，可以馬上訂機票回家，等未來的日子願意放下時，再出走也不遲。

妳如此擔心的金錢問題，不是旅行與否就能解決的，而是該花更多時間思索，是否過於把安全感建立在金錢之上？如果有天妳即將結婚，發現薪水不夠支付婚後的一切，難道又要再次被困在金錢迷宮裡？

不和金錢保持距離，怎能看清它的樣貌。我們都習慣害怕還沒發生的事，這種壞習慣才是最令人害怕的！

約有 30,600,000 項結果（搜尋時間：0.21 秒）

異地

沒有爛天氣，只有爛想法。

這是一個流行離開的世界，但我們都不擅長告別。——作家米蘭．昆德拉

嚴格來說，我從未住過臺灣的青年旅舍，不熟悉臺灣旅人生態，這次到馬祖十多天，大開眼界。

來馬祖，天氣不穩定，往往影響旅人的情緒。某晚下著細雨，旅舍有位長輩耐不住無聊，主動找我攀談，劈頭就問：「你喜歡這裡嗎？」我被他突如其來的問題嚇到，當時並不熟悉馬祖，所以沉默。這位長輩可能想在離開前夕，把幾天壓抑下來的情緒與我分享。

他像個裁判，娓娓道來，對馬祖的不滿，足以填滿一大張紙，說這裡不適合背包客，交通有多差，天氣有多爛；談到這裡的公車路線規畫，整個怒氣沖天，因為這裡不像臺北，不夠便民，不夠世界級。

他越說越氣，手勢越揮越大，差點把拳頭揮在我臉上，又追問我是否出過國，試圖提出合理證據，幫情緒找出口。或許他以為來自臺北的我會當盟友，陪他一起抱怨，我卻保持沉默，他又搶著說，批評是為了進步，沒有進步不會成長。

以前，我肯定會陪他一起抱怨，說臺灣就是因為這樣無法國際化，抬不起頭，所以被人嫌。

現在，我嘗試換個腦袋，用馬祖人的角度看待一切。我發現這裡搭公車的乘客，都以當地人、軍人居多，很少遊客搭乘，所以這裡的公車路線規畫，肯定以當地人為主，旅人為輔。

這幾天馬祖常常「關島」，看著新聞畫面訪問被滯留機場的民眾，有人生氣，有人冷靜，有人打瞌睡。同一件事，卻有不同的情緒，我猜馬祖沒有爛天氣，只有爛想法。

換個角度想，世界上有多少地方，能像馬祖的大霧這麼神祕、公車這麼親民？

因為這樣少些走馬看花的遊客，反而是好事。

如果自己居住的城市，都是為了方便討好別人，不就沒了自己？馬祖需要的不是臺北的便利、巴黎的鐵塔、柏林的包浩斯，而是需要一群等待公車互相寒暄的居民、照亮漁民的燈塔、就地取材的老房，這才是真正的馬祖。

下次要去馬祖之前，請記得先離開原有的生活模式。這裡不需要臺北人、紐約人、倫敦人，只需要懂得生活的馬祖人。如果想要當都市人，請留在都市就好。好好告別都市人的角色，才能離開都市，否則只是穿著小丑裝跑錯舞臺的丑角，永遠只能跑龍套。

人和城市之間的距離，太近會扎人，太遠會傷人。

約有 73,700 項結果（搜尋時間：0.23 秒）

代價

花未來的錢，和借了不用還的錢，代價都高昂。

我是一位高中畢業生，想要在讀大學前先暫停學業一年去旅行，但我沒有足夠的旅費出走，所以打算向家人借錢，旅行結束後再打工兼家教還錢給家人，但我不確定還沒賺錢就先花錢，這樣的想法是否自私？

Dear friend,

這個世界上，有很多擁有夢想但缺少資金的人，幾乎都是先向別人借錢，再來實踐夢想。企業會發行股票募資、政府會發行公債、小老百姓會使用信用卡，輕輕一刷就擁有夢想。還有那些沒有良心的大老闆，會向員工借薪水，然後捲款潛逃。要比自私，沒人贏得了他們。

你的父母或許有能力預支旅費給你，而你的未來也一定有能力還錢給父母，但你該問自己，到底為了旅行付出多少？

你或許坐在家擔心該不該向父母借錢，倒不如馬上出去打工賺錢幾個月。為自己的夢想腳踏實地付出，也許賺不了多少，但你跨出去的一小步，會是旅行的一大步，因為你正在為夢想流汗，這才叫真正的夢想，不是坐在冷氣房裡實踐夢想。

可能是臺灣社會不斷洗腦年輕人要 Gap year，要出走一年才叫偉大的旅行家，彷彿那些不滿一年的旅行者只能拿到肄業證書。Gap year 反倒變成一種壕溝，一堆人戰死溝裡。

我們都知道 Gap year 能帶來無限希望，但有多少人知道那些真正出走 Gap year 的人，在那之前付出多少時間與精力？

我認識一些朋友，有人借錢旅行，有人自己存錢，我觀察這兩種人回臺灣後的發展，似乎前者比較會抱怨，因為工作對他來說像是還債。對後者來說，雖然一切歸零，但甘之如飴，能專心投入找尋新工作，因為流汗付出過，所以收穫。當然，也有借錢出走的人，回來之後更愛臺灣，但這種人往往都先賺了點錢，不足的旅費再向家人預支。

如果能在旅行前為自己付出，上路後，更樂於付出；如果只想借不想付出，你未來的人生肯定也只能向別人借了。

借錢不可怕，可怕的是借了不用還的錢。

約有 3,060,000 項結果（搜尋時間：0.21 秒）

鄉愁

不離開，不會知道家鄉有多可愛。

蔣勳愛流浪，是出了名的。

他的流浪就像詩，捉摸不定，也因為愛詩，所以愛流浪。前陣子有機會聽到蔣老師年輕時的流浪故事，聽他在民國七十二年出國，第一次爬上艾菲爾鐵塔，第一次看見巴黎。法國的美麗完全征服他年輕的騷動與不安。當時他住在所謂的屋頂間，是早期巴黎貴族用來給傭人住的閣樓間，他後來才知道，許多藝術家、詩人、舞蹈家、曾經窮困潦倒的年輕生命，都曾定居在此。他享受這種窮困，享受深夜與哭泣靈魂的對話，享受只有麵包果腹的日子。

巴黎的美，造就無與倫比的藝術，也造就了蔣勳。

海明威說：「如果你夠幸運，在年輕時待過巴黎，那麼巴黎將永遠跟著你。」你無法想像世界上如果沒有巴黎，會變得多麼醜陋。雖然巴黎的浪漫看似虛假，卻都是真實的。

聽著聽著，蔣勳老師突然說：「出走後，愛國是假的，鄉愁才是真的。愛國太抽象，太虛假，太不真實；等你離開後，只會記得媽媽煮的菜，只會記得某間小吃店的香味、只會記得臺灣的人情味，這些鄉愁才是真的。」

我開始重新思考臺灣人的愛國精神。為何臺灣人出國前，都喜歡談自己有多愛國、多愛臺灣？好像不談愛國就是匪諜，那些出不去的人，甚至喊得最大聲。臺灣人真的愛國嗎？也許愛自己的成分比較多吧！如果連自己的家鄉都不愛，愛國還有用嗎？

假使臺灣留不住你，出去走走，別管流浪與否。感受到鄉愁，才能留住自己。

如果你夠幸運，在年輕時離開臺灣，那麼臺灣將永遠跟著你；如果不夠幸運，無法在年輕時離開臺灣，那麼臺灣將永遠纏著你。

下次出國流浪，別再談愛國，記得談鄉愁。

約有 58,100,000 項結果（搜尋時間：0.27 秒）

流浪

流浪是一種破壞，也是一種創新。

要想逃避這個世界，沒有比藝術更可靠的途徑；要想同世界結合，也沒有比藝術更可靠的途徑。——德國劇作家歌德（1749-1832）

如果旅行是藝術，逃避與結合世界的模糊界線，經常使人頭痛。

「是不是那些去流浪的人，都要很喜歡藝術？似乎會去流浪的人，都有股藝術家氣息？」有朋友寫信這麼問道。

我很錯愕，流浪何時變成藝術家的專利？我開始思考在路上遇見的朋友，似乎真的都喜歡音樂、文字、影像相關藝術領域。唯一的印象中只在成都的青年旅舍遇見來自北京的炒股大叔，整天盯著電腦數字看，他根本就是換工作環境賺錢，但他卻與我們相處融洽，沒有濃厚的銅臭味。

可能有人會罵只懂賺錢的人不懂旅行的藝術，畢竟流浪不就是要放下一切出走嗎？但對一個真正有創業家精神的人而言，工作就像晶片，早就被植入腦中。我倒覺得這位炒股大叔像是街頭藝人，到不同的地方展現專長，賺夠錢後再享受生活，他們反而是能流浪最久的人。那些完全放下一切的浪子，變成不得不回家賺錢，最後抱怨自己被工作困住的人。

真正已達財務自由的工作者，工作環境也最自由，不受限於某個國家或區域。此時，不讀藝術的人更需要流浪，可以檢視自己的工作條件是否已被困住。當一個人只要離開某個環境就會餓死，表示他對這份工作有過度依賴的徵兆，更不可能得到財務、工作、生活的自由。簡單來說，如果你是一隻北極熊，離開熟悉的環境就無法持續獵食，你很可能隨時會餓死或被淘汰。

流浪會讓人重新思考「自由的深度」。那些習慣直線思考的工作者，就像害怕深海的人，永遠只能在海平面上浮潛，僅能看見魚兒自由；那些不斷成長、學習的人，最終擁有氣瓶，能自由在海中遨遊，得到海平面下的世界。

有人說臺灣的年輕人越來越害怕旅行與流浪，倒不如說我們越來越依賴眼前的工作，因為大人說不愛工作就是爛草莓，不工作變成一種罪，工作又變成活受罪，最後搞得旅行如同假釋出獄。

世界上有許多不讀藝術的人，他們喜歡流浪，並且改變世界，好比玄奘、切格瓦拉、愛因斯坦、大前研一、安藤忠雄、賈伯斯……他們選擇用不同的流浪方式創造不可能，唯一相同的是他們樂於付出自己所關心的事物。

流浪只是一種創造精神的過程，並非結果。如果你喜歡流浪，代表你已經擁有某種精神上的獨立。當我對工作疲倦了，便去旅行，這是為了改變一下生活方式。不過我的旅行是為了預備回到喜愛的工作崗位上。

下次要談流浪前，先問自己愛什麼樣的事物吧！

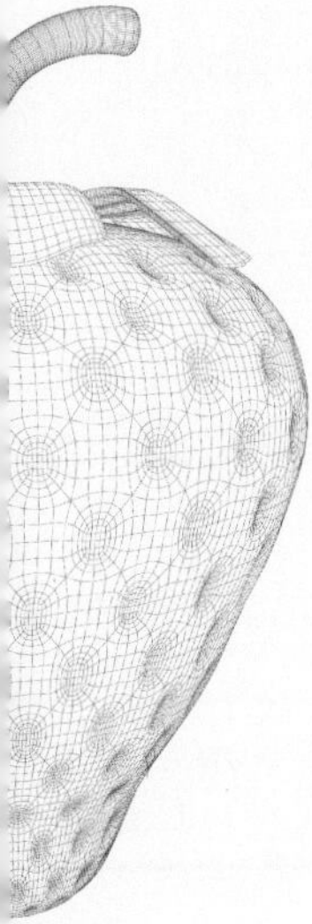

第五章 CHAPTER 5——

看世界

沒有一個國家或土地有好壞之分，只有適合與否。
找到一塊適合駐留的土地，
然後全然付出自己。

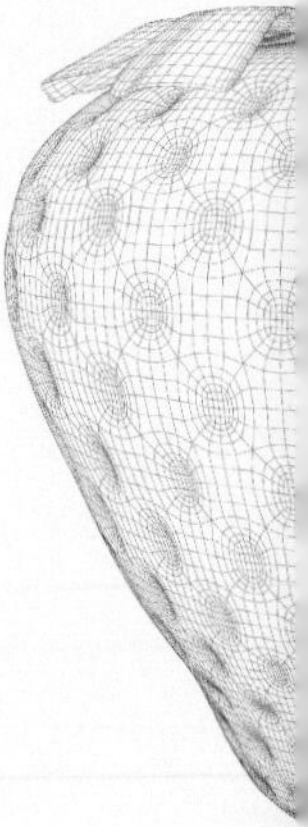

約有 48,700,000 項結果（搜尋時間：0.25 秒）

認同

下定決心，讓生命扎根。

我來自香港，今年即將畢業，花了半年做了兩份工作，最後都辭職收場。我很愛旅行，討厭被困，尤其香港是個急促、講求效率的城市，雖然我在這裡長大，卻覺得與這裡格格不入，於是在辭掉兩份工作的空檔時，展開兩次即興旅行，都是同個目的地——寶島臺灣。

我很愛臺灣，愛臺灣的文化、愛飲食文化、愛臺灣國語，我愛臺灣的一切。現在還是不明白，臺灣的年輕人為何一直渴望出國？我每次離開臺灣都萬分不捨，好想繼續待在這裡。我沒有如此深愛過一個地方，好想在這裡生活，而不是只有短暫的停留。

我是媒體系的學生，熱愛文字，喜歡手寫，所以沒有部落格。我有不少臺灣朋友，他們鼓勵我開部落格或臉書專頁，朝在臺灣出書之路前進，藉此分享旅行與生活。我很混亂，也沒有信心，沒有想那麼多，我只是愛文字和愛臺灣，說到在臺灣出書，我覺得太遠了，如果可以讓我在臺灣從事媒體或文字工作，我就感到滿足。

我有個想法，就是申請臺灣的研究所，至少可以待在臺灣兩年，同時準備自己，看看可不可以繼續待在臺灣工作。有位臺灣朋友理性的對我說：「也許臺灣能滿足你的夢想，卻賺不到錢。」另一位朋友說：「賺不到錢是其次，能不能滿足你的夢想，還要再看哦！」

嗯，真的。我真的不知道自己該怎麼辦，今年已經二十三歲，同學們似乎都已找到工作，開始為自己的事業打基礎。這半年下來，我不知道自己幹過什麼，好困惑。每次煩惱時，總是想逃到臺灣旅行，但旅行結束後又要回到香巷，面對一個使我不知所措的環境。

Dear friend,

妳喜歡臺灣，因為找不到理由待在自己的土地上。

臺灣年輕人渴望的不只是出國，更希望藉此找到心靈自由之地，如同妳想離開香港來臺灣，也是期待臺灣這塊土地能為妳帶來心靈的收穫與成長。

這個世界上，沒有一個國家或土地有好壞之分，只有適合與否。就像德蕾莎修女從歐洲跑去印度、教育家彭蒙惠從美國跑來臺灣、前世界銀行副總裁林毅夫從臺灣跑去中國，他們雖然都離開家鄉去異鄉，卻有相同的動機與理由，就是要找到一塊適合駐留的土地，全然付出自己。

妳到底該不該來臺灣？這不是臺灣人能決定的，因為臺灣人和臺灣最不熟，就像在同一個屋簷下生活的小孩與父母，天天見面卻很陌生，所以才會在電視裡看到一堆穿衣服的猴子吵架，表演猴戲。妳也不是想來臺灣看猴子表演的吧！

但如果妳準備要用香港的標準看臺灣，請妳待在香港就好，因為妳尚未準備好要當臺灣人。如果未來的日子妳想用香港的思維活在臺灣，我勸妳還是偶爾來臺灣吃小籠包就好。

嚴格來說，妳目前只在臺灣遊走過，並未實際求學或工作，雖然三者都在臺灣進行，但面貌均不相同，如果只是一時衝動跑來臺灣，沒有深入了解與思考，肯定會遇到許多挫折，最後會像一見鍾情的戀人，都是分手收場。

臺灣能否滿足妳的夢想或金錢，是由妳決定的。通常會告訴妳只能二擇一的人，都是無從選擇的人。而且妳又不是臺灣人，所以請別擔心那些臺灣人才有的顧慮。下定決心，才會讓生命在臺灣有充分扎根的理由，因為妳可能會和臺灣人結婚，或得到一份值得付出的工作，也可能認識一群志同道合的同鄉朋友，但這些故事想要被延續，出自於妳的決心。少了這股決心，即使故事發生了也很難繼續寫下去；少了這股決心，即使費盡千辛萬苦來臺灣，終有一天也會思考該不該逃回香港；少了這股決心，妳很難融入臺灣，甚至很難融入各種世界。

不用擔心是否前往臺灣，該思考的是，真有足夠勇氣抽離熟悉的香港嗎？

約有 441,000,000 項結果（搜尋時間：0.23 秒）

臺灣

重新認識臺灣，找回自我認同。

碇真嗣：「不能逃避。」

綾波零：「為什麼不能逃避？」

碇真嗣：「逃避會使自己更痛苦。」《新世紀福音戰士》

這陣子除了和朋友閒聊朝鮮半島的緊張新聞，還談到南韓年輕人有一個個出走的跡象。

有個朋友在澳洲認識一位韓國女生，她說家鄉的年輕人渴望當明星，幾乎到失控爆走的狀態，甚至有個明星選秀節目，將近二十五分之一的韓國人都會報名參加。

她為了不想活在空虛的追星日子裡，所以選擇離開韓國。

另一個朋友在美國認識一群韓國留學生，他們說，韓國的年輕人一當完兵，接下來一輩子都要全心全意投入工作，因為國內太過競爭，一有鬆懈馬上就被淘汰，只能利用出國讀書的名義，出來看看世界。但他也沒有很努力在讀書，因為根本不想回韓國。

為了求真實性，我觀察韓國朋友的臉書狀態，喜歡旅行的人，幾乎都在韓國以外的國外移動，不想回家鄉；沒辦法一直旅行的，寫的都是職場甘苦與奮鬥文。

突然發現，媒體的過度包裝，讓我們以為韓國是個人人偉大的國度；讓我們以為香港回歸後經濟繁榮；讓我們以為新加坡是唯一能學習的城市。除了臺灣，其他都是美麗的烏托邦。

我認識很多旅行過臺灣的香港人、新加坡朋友，好羡慕臺灣有文化。他們不是為了參觀鴻海工廠文化而來的，而是欣賞臺灣人嫌髒的夜市與菜市場、臺灣人看也不看的中文招牌、臺灣人抱怨的危險機車文化。

上個月，新加坡朋友來臺灣，回去後寫了自己的感觸：

結束臺灣十日行，回到新加坡，心裡起了一波一波的漣漪，這是一趟沒有行程計畫，卻很有意義的旅行。

有別於過往獨自背包流浪，或與一群死黨一起出國狂歡的經驗，整體來說，臺灣人的人情味、高度文化修養與環保意識，在腦海像一炮接一炮的煙火，讓我訝異驚嘆，不停地思考：百年樹人啊，臺灣做到了，那我們又該怎麼去學習呢？怎樣去進步呢？

是的，如臺灣朋友在在強調的，即便號稱寶島，臺灣人民還是有一堆他們得面對的問題，但又有哪個社會不是如此呢？

要比髒、要比亂、要比危險，印度一定是首選，但還是一堆人搶著去，為什麼？因為印度人活得很印度，大家就是要去體驗印度生活。不會有人來臺灣，希望活得很新加坡、很韓國。

臺灣人之所以熱愛出國，絕對不是口袋有錢，比其他國家的人多了閒情雅致，而是和地理環境有極大的關連性。因為住在越小的地方，會令人越想出走，就像把一隻古代牧羊犬關在吉娃娃的籠子裡，狹小的世界不足以有容身之地。

據我所知，香港、新加坡、瑞士的朋友都「樂於」離開自己的家鄉，社會也鼓勵出走。不拿經濟學來探討這些地方，臺灣國際化的程度，資訊統合的能力，肯定不輸給它們。看看旅人、商人就略知一二，隨時隨地都有人離開臺灣，要像哥倫布一樣去發現新大陸。

昨日去臺南一中分享故事，有位學生問：「如何讓外國人認識臺灣？」我說：「認識臺南，認真愛臺灣，即是讓別人認識我們的最好方法。」

臺灣人真的很拚命，無時無刻都想要別人記得我們，也許是因為經常不小心被遺忘。這位學生接著問：「要怎麼愛臺灣？」我告訴他：「喜歡自己，做好你自己。」

在李安的地盤，不得不談起他。我們都知道李安愛臺灣，他拍的電影，非得要拍臺灣題材、在名片上印 made in Taiwan 才叫愛臺灣嗎？他之後拍了很多片子，看似和臺灣一點關係也沒有，其實都出自於臺灣，因為他是正港臺灣囝仔，賣的是臺灣精神，可惜臺灣某些官員都要泛政治化。

我手中握著麥克風，吃了熊心豹子膽，大言不慚的說：「千萬不要想成為李安，因為世界上只有一個李安。要麼超越他，要麼做自己，否則只會被困住。」

有太多人正在努力讓別人認識臺灣，不是用棒球，不是用電影，不是用高爾夫球，不是用臺灣歌曲，而是用最真最溫暖的臺灣精神。
臺灣最美的不是一〇一大樓，不是乾淨又跑得快的捷運，而是臺灣精神，只有這股精神才會點燃生命的溫度。
要愛臺灣，先學會愛自己。

約有　210,000,000　項結果（搜尋時間：0.24　秒）

競爭

贏家不靠競爭，靠合作與分享。

贏家永遠有兩個競爭者，一是時間，一是自己。——企業家郭台銘

「不競爭就會輸」，時代不斷灌輸這種觀念給我們，旅行也不例外，好像不出國當背包客不算旅行，充其量只是一位觀光客，走馬看花就該死。旅行變成另一種衍生性競爭商品，比誰花的錢少，比誰去的國家多，比誰走的久，大家瘋狂搶購。

某次分享會，有些年輕朋友問：「我只在臺灣環島過，沒有出過國，算是旅行嗎？旅遊和旅行的差別是什麼？」我心中非常擔憂。單純出走看世界的行為，變成一個過於惱人的哲學問題，說不定過陣子又有「旅行補習班」冒出來，教大家如

何省錢、規畫路線，不懂這些不能上路，即使上路，也要比別人厲害，拿第一。

經常遇見許多父母阻止小孩旅行，導致小孩拚了命想說服父母，不說服，走不了，就會輸。為了旅行，非打敗家人不可。我的經驗告訴我，即便贏了家人卻會輸掉自己，因為上路後的喜悅無法與家人分享，是人生最大遺憾。

曾經有些朋友知道我的旅行故事，會用輕視的語氣說，有什麼了不起，他們花一年，走更多國家，花更少錢。我不會因此氣憤或難過，反而更擔心這些朋友，如果旅行也能比較，更別談工作、家人、朋友，肯定也會比較，這樣的生活也太辛苦。

旅行是一種有趣的自省過程，當一個人想到旅行，心中投射出的是被壓抑或不可能的感受，極可能生活出了問題。如果一個人努力付出卻無法獲得自由，和關在監獄的犯人有何區別？最可怕的是，明明自由，卻以為被關住，也難怪憂鬱症變成最盛行的文明病。

有人說，真正的競爭者是自己，和自己競爭才會成長。如果這種說法正確，臺灣應該很有競爭力，怎麼越退越多，越來越亂？

論讀書，我經常成績輸人；論工作；我經常業績輸人；論輸，我比較有經驗。花了一些時間看世界後，才知道真正的贏家不是靠競爭，而是靠合作與分享，偏偏臺灣人越走越偏。

好比核四問題，只會一群人關起門，比電價貴與不貴，政府沒電價就沒競爭力，不想與老百姓合作，一起解決問題。

好比薪水問題，只會一群人關起門，比薪水漲與不漲，公司薪水發太多就沒競爭力，不想與老百姓合作，一起解決問題。

好比房價問題，只會一群人關起門，比房價漲與不漲，財團房價降太多就沒競爭力，不想與老百姓合作，一起解決問題。

郭台銘很厲害，但不是人人都是郭台銘，不能光靠競爭贏別人。我們應該進化思維：「贏家永遠有兩個合作者，一是時間，一是與人合作。」

真要當一個贏人的旅行者，那就與世界合作，不要贏了世界，輸了自己。與其等待競爭到來，不如創造機會合作。

等待

適度等待，但不空等待。

法國有句諺語，生活字典裡最重要的三個詞：意志、工作、等待。

我認為「等待」是年輕人最迫切需要的能力，因為社會節奏越來越快，年輕人很容易不耐煩，連長輩也不例外。

我喜歡搭公車，經常遇見許多人因為公車遲遲未到，或者司機開太慢而一臉不耐煩；在餐廳用餐時，只要老闆上菜速度慢一點，就會聽見客人抱怨；網購產品時，只要廠商沒有隔天送達，就會打電話客訴。

曾經問朋友為何經常不耐煩，他說：我付錢搭公車，我付錢去餐廳消費，我付錢買產品，本來就應該得到合理的回應速度。

認真思考後，發現社會的大籠子把我們這群猴子的嘴養壞了。如果點了一根香蕉，管理員沒把皮剝好並且快速送到嘴前，會看見一群發瘋的猴子急跳腳，甚至指著隔壁間的猴子說：你看他們的管理員多有效率，隨叫隨到。其實我們都變成一群打扮比較時尚的猴子。連平常的生活都不願意等待，何況面對人生逆境時，又怎會有信心等待機會來臨？

我下定決心要從事文字創作後，思考要寫什麼樣的內容，為此焦慮幾個月。因為第一本書是旅行遊記，出版社對我的定位就是寫旅行書，但我自認放蕩不羈的旅行記憶已成過去式，而且旅行是一件私密的個人行為，沒必要把私處給人看，所以也就沒打算再寫遊記。

苦惱的日子裡，有些讀者願意寫信和我分享旅行前的心情，因為自己曾經無助過，所以很認真的回每一封信，甚至有讀者鼓勵我把這些文章集結成書。當我把部分文字整理完後，提案給先前合作的出版社，卻直接被拒絕，因為他們覺得旅行書才是主流。我鼓起勇氣主動投稿到其他出版社，幾個月下來音訊全無，這陣子處於人生最低潮。

等待的日子很煎熬，常常懷疑是否文筆不好，所以出版社才沒興趣；另一方面擔心收入問題，家人親戚朋友都不知道我在幹嘛，只知道我整天待在電腦前，一直不出去賺錢。除了要對抗家人的期待，還要面對三十歲一事無成的自己。

可能是因為過去一年的旅行經驗，要在旅舍等待新旅伴，要在火車站等待誤點的火車，要在機場等待誤點的班機……慢慢體悟到人生必須等待，心中再多的害怕也不能解決現實世界的問題。

某天，終於等到出版社邀約，面談當天我把文字當成產品，拿出業務精神拚命推銷，當成人生中唯一的機會，所以不想放棄任何希望。結束面談後，出版社遲遲未回覆，一個月之後才收到通知，確定要出版。

我遇到不少年輕朋友想要追夢，當下無法實現，可能是因為經濟、家人、工作，我都會告訴他們：你只是把夢想計畫延後，並未放棄！

雖然有人說不要等待機會，而要創造機會，但人生有很多時刻要學會適度等待。等待的同時，當然要付出更多的努力，才不會變成空等待。

人類所有的力量，只是耐心加上時間的混合。所謂強者既有意義，又能等待時機。——法國作家巴爾扎克（1799-1850）

約有　566,000,000　項結果（搜尋時間：0.11　秒）

自由

有思考，才有自由。

自由應是一個能使自己變得更好的機會。——法國哲學家卡謬（1913-1960）

從古至今，當一個人犯錯，教訓他最好的方式即是剝奪自由，因此文明社會犯錯的人都會被關進監獄，接著被奴役。

科技越進步，人類卻越沒自由。

一九五三年諾貝爾和平獎得主、德國哲學家史懷哲（1875-1965）說：人類已經在文明社會犯錯，原因出自過度工作與浮躁及缺乏精神的獨立。六十年後的進步社會，人類犯的錯一步步加深，文明與心智年齡成反比成長。

曾經有年輕學生問我：為何現今科技發達，交通方便，反而令人更害怕出走？因為科技過於發達，接受過多負面資訊，文明變成一座越來越堅固的監獄。原本只想冒險看世界的想法，彷彿變成逃獄般，要經過各種縝密的規畫與付出，以及花大量時間與金錢買通獄卒。不這樣，自由是得不到的。

觀察身旁周遭三十歲以下的朋友，大多因為過度勞動而造成自由匱乏，史懷哲曾經在《文明的哲學》中形容這樣的嚴重性：

近兩、三代以來，人們的生活有如勞工，幾乎不成人形。到處宣揚著勞工的道德意義與精神意義，但是能夠說的都說盡了，卻仍與他們應該做的一點關係也沒有。過度勞動已成為今日社會各個領域裡一個普遍的現象，結果是勞工者的精神要素必然無法振奮。

當他成為過度勞動的奴隸時，逐漸需要一些外在的消遣。如果他想把閒暇時間花在修養自己、與朋友深交和閱讀書本上，他必須具有心理上的鎮定和自我控制的能力。但是他們很難維持這種心態，於是散漫、健忘和改變日常活動的方向遂成了肉體上必然的要求。他們不願思考，不自求進步，只尋求享樂，而且是尋求最不需要依賴精神力量的娛樂。

這些精神鬆弛、不能鎮定的人，在心理上反抗一切文化事業和文明機構。於是劇院比娛樂場所或電影院冷清，有益的書不如低級消愁解悶的書來得受歡迎。日益起飛的期刊和報紙不得不調整其內容，改換淺顯而取悅讀者的編輯形式。拿今日的一般報紙與五、六十年前的一比，就可以發現這種變遷有多大！

一旦膚淺的精神滲入維繫精神生活的機構，這些機構便反過來影響它們所造成的社會情況。而這種精神上的膚淺也造成了心靈的空虛。

今天，思想能力的缺乏幾乎已成了人們的第二天性，只要看看人們今天的社交情形就可以得到了解。當兩個人見面談話時，彼此都小心翼翼地留心自己是否超出一般性的談話範圍，並且極力避免形成真正的意見溝通。沒有人會把他自己的學問搬出來。每個人都恐懼自己牽涉到任何事物必須談及的根本問題。

這種充滿散漫心思的社會所產生的精神在我們之間蔓延著，成為一股不斷增大的力量。這種精神貶低了人文價值。在自己或別人身上，我們所尋求的只是從事生產工作的精力，卻放棄了一切崇高的理想。

日本著名的經濟學家大前研一曾說：日本社會將進入「集體智商衰退」，原因就是集體不思考、集體不學習、集體不負責，如同史懷哲預言的一樣。

我們該多認真思考、多主動學習、多負責任，掙脫文明的束縛，提高心靈智商，才不會因為過度工作而沒了自由，失去讓自己變得更好的機會。

自由不是想做什麼就做什麼；自由是教你不想做什麼，就可以不做什麼。——德國哲學家康德（1724-1804）

約有　211,000,000　項結果　（搜尋時間：0.25　秒）

夢想

擁有夢想，勝過夢想擁有。

我喜歡在十份看著一群人在天燈上提筆，把夢想寄託在各種顏色上。全世界的天燈活動，不外乎祭祀慶典、感恩活動，只有臺灣最會行銷，把夢想和天燈湊做對。天燈的故鄉明明是十份，不是九份也不是八堵，更不是平溪。或許臺灣人太渴望夢想，看在商人眼裡，客戶有需求，創造供給，合情合理。

有次看到一對兄弟，年紀十來歲，拿著毛筆蹲在晒燈架前苦惱，不知該如何下筆，站在身後的父母兩手叉胸，眼神凝重。我心想此家教甚嚴，連提筆寫個夢想都要控管。過了不久，差點沒睡著，他們終於大筆一揮，可能兩人早已串通好，一個人寫「賺大錢」，另一個寫「賺大錢當老闆」，父母摸摸小孩的頭，欣喜雀躍，拿著相機猛拍，最後拍了一張全家福，留下一張美麗回憶照。

我經常想起這段畫面，思考賺大錢是不是一個值得擁有的夢想？

我在大學時代有一個夢想——要在三十歲之前賺到三百萬。當時只知道金錢是個很值得擁有的夢想，有錢才是王道。直到投身職場，累積了一些收入後，卻感受不到擁有財富的喜悅，日子陷入低潮。認真思考後才發現，即使完成夢想有了三百萬，接下來呢？難道又要再賺五百萬嗎？

原來，我不是在擁有夢想，而是夢想擁有。

因為找不到人生方向，只好把夢想當成口號，藉此獲得安全感。說穿了，我的夢想如同泡泡，容易泡沫化，擁有的只是泡沫表層折射出的虛假色彩，看似美麗，其實虛假。一直在擁有，卻沒有夢想。

以前的臺灣囝仔，聊的是立志做大事，接著再想怎麼賺大錢。時代變了，人也變了，開始逆向操作，小孩不知道要做什麼，腦中先立志賺大錢，慘的是父母還認為這是好事，不斷鼓勵他們。以前做大官可能還有一些是為了做大事，現在呢？大官只想貪大汙，不少貪汙官員的父母也幾乎都涉案。

小孩不乖，父母脫不了責任；父母不乖，小孩該怎麼辦？

請父母別再批評這個世代，年輕人不是不努力，只是使不上力。

如果年輕人的夢想被大人嘲笑，該檢討的是大人，因為現在要買一個夢，比過去來得昂貴，來得辛苦，來得複雜。

無論時代變得如何，每個人都依然有夢，只是要的不一樣。己所不欲勿施於人，父母不喜歡的東西，千萬不要加在小孩身上；父母喜歡的東西，給小孩也不一定好。懂得尊重彼此，和平相處，實踐夢想才有意義。

你也有夢想嗎？先問自己這個夢想能換來多少收穫與成長？再來談實踐夢想與否吧！真正偉大的不是夢想，而是實踐夢想的行動力！

約有 189,000,000 項結果（搜尋時間：0.24 秒）

信念

面對未知，面對恐懼，找出自我潛力。

我今年剛滿二十歲，高中時曾在法國擔任一年的交換生。去年在臺灣考上電影系後，決定休學一年到非洲擔任志工。

一次次的旅行經歷讓我更了解自己，想做的事也變多了。相對的，人生也充滿更多不確定性。

我目前在一所聾啞學校教書，這裡讓我找到短暫的幸福快樂。原本預計今年九月初回臺灣繼續學業，卻有些遲疑，因為好愛這裡的一切，捨不得離開「我的孩子」以及這裡的生活，但想到眼前還有學業必須完成，似乎又不得不回去。

我不後悔選擇電影，但不確定是否百分之百適合我。去年踏進校園的那一刻，並沒有「這就是未來四年學習的地方」的感覺，這讓我更遲疑自己是否該回去？

Dear friend,

我不知道電影適不適合你，但你很適合為社會付出。

你捨不得離開非洲的孩子，因為你找到付出自我的價值與意義，但被迫要在二十歲的狂傲歲月中，割捨心中最愛，就連三十歲的我，也不一定有勇氣做選擇。

慢慢懂事後，我才發現人生一輩子都被迫選擇，好比高中畢業後被迫選科系，極少人能找到適合的科系；大學畢業後被迫選工作，極少人能找到適合的工作；出社會後有穩定的戀情會被迫結婚，極少人能確定對方是否能走一輩子。

時間是木筏，載著我們不斷前進，無論遇見大風或大浪，都是被迫選擇，即便放棄，也是經過自己的選擇。

你選擇讀電影系，一定不是家人指使，而是有某些初衷，可能是好奇心、可能喜歡挑戰、可能熱愛影像，甚至想拍電影改變世界。但當你投入校園，會受同學、教授、環境影響，如果處處不順利，信心肯定會動搖，每天變成學習忍耐，不是學習課業。尤其當你在外面找到新的自己，更不願意回到家鄉，面對陌生的自己。

這時正好是考驗自己的時刻，如果因為別人而失去信心，是對自己太陌生。我們要做的是藉由行動讓信念扎根。你的旅行就是最好的行動，你沒有待在家怨天尤人，反而更努力往外找回失去的信念。

當你為孩子付出時，已經知道該如何找到幸福，也知道將來想要什麼樣的生活，但這些不足以讓你了解自己想要成為什麼樣的人，因為你還不知道自己有什麼潛力，可以發揮什麼專長來幫助世界。

潛力需要啟發，啟發需要透過教育。你會遲疑是否該回去，可能擔心臺灣教育無法滿足你，甚至會汙染你，因為大家都說臺灣是鬼島。

我相信臺灣有很多可恨之處，相對的，也有可愛之處。還是有很多人默默為臺灣付出。你的勇敢出走，會幫助你更容易發現臺灣的可愛，甚至可以把更多想法帶回臺灣，接著利用所學，延續旅行時的能量，做你想做的，關心你想關心的。

如果有足夠的信心，無論到何處，都是最棒的學習場所，不要被學校、學生證局限住；如果沒有信心，就算到世界最高學府，也不一定是最適合學習的地方。

你除了要擔心是否該回去，還要擔心回去後，是否有足夠的信心面對未知的恐懼。做你自己的導師，做你自己的主人。

約有 488,000,000 項結果（搜尋時間：0.21 秒）

幸福

量力而為，不為追逐而追逐。

住在這座瘋狂的世界，人們極度渴望幸福，每天都在比哪個國家、哪座城市、哪間企業比較幸福。當大家深信只有巴黎鐵塔才浪漫，只有鄉間才有緩慢生活，只有高薪才有安穩……就很難對自己居住的城市感到認同。漸漸的，生活變成追逐，追逐幸福變成一種口號，彷彿換掉領導者、換間公司、換座城市生活才有幸福，我們都淪落為只會呼口號的追逐者。

身旁有些朋友，有了家庭，有了孩子，有了負擔，追逐金錢幾乎成為幸福的精神指標。他們之後的人生遊戲變成買房、買車、存退休金，只要三缺一就會愁眉苦臉，好像失去幸福。

大家都說貧賤夫妻百事哀，難道富貴夫妻百事樂嗎？

有個朋友在臺北市租屋幾十年，夫妻兩人沒買車，還要照顧兩個寶寶，我以為他們會叫苦連天，沒想到他們生活很幸福。因為評估過自己的經濟收入，所以不打算買房，要把錢花在旅行上，要讓一家人擁有美好回憶，不想加入追逐物欲的行列，一家人過得很快樂。

另一個朋友家中經商，有房、有車、有孩子，我以為他們從此高枕無憂，沒想到，某天孩子生了病，老婆突然患乳癌，老公卻丟下家人。

還有一個朋友，家族有許多土地，但每天都為錢煩惱，夫妻兩人時常吵架，問他為什麼？他說要把家族財產守住，如果少了一毛錢，會被家族批評，所以兩人經常為錢拉扯。

貧窮與富貴，艱苦與舒適，痛苦與快樂，變成衡量一個家庭幸福與否的標準。

每個人的生活都有壓力，但不表示有壓力的生活只能痛苦，有些人懂得量力而為，能吃多少就多少，能花多少就多少，無法擁有的不會強求，他們的幸福來自真心付出，而非盲目擁有。

好比旅行，即使走過全世界，爬過最高的山，吃過最美味的食物，看過最漂亮的風景，這些只是短暫的擁有與幸福。如果純粹為了追逐而追逐，為了擁有而擁有，旅行結束後肯定會失落。

如果我們能正視眼前的困難，與家人創造新的人生遊戲，共同努力為艱苦生活付出，彼此依靠與扶持，或許才能擁有真正的幸福。

貪婪和幸福永遠不會見面。——歐洲諺語

約有 338,000,000 項結果（搜尋時間：0.21 秒）

語言

新的語言，不同的人生觀。

不同的語言，不同的人生觀。懂得另一種語言並能以該語言溝通，便能以嶄新的角度看世界。具有多語能力的人不只會說多種語言，更有多元的人生視野。——義大利導演費里尼（1920-1993）

還沒出社會前，一直以為在臺灣懂英文才有競爭力，投入傳統產業後才知道，臺語比英語更能融入臺灣傳統社會。

我的工作經驗中，有九成的客戶習慣說臺語，還曾經因此鬧過笑話。

還是職場菜鳥的我，有次在公司接到客戶來電，對方說臺語的速度好比機關槍，我想盡辦法擠出僅懂的臺語詞彙，當中交雜著國語與臺語，我不確定對方是否真的了解我的想法，掛了電話後，同事們忍住笑意，主管苦口婆心的告訴我：「以後乾脆直接說國語，聽你說話很辛苦。」過了幾分鐘，客戶果真又打來，又花了好幾分鐘再解釋。

有時還會出現客戶說臺語、我說國語的兩人世界。即使無法流利溝通，平常拜訪客戶還是會寒暄幾句臺語。幾次觀察下來，懂對方的語言，真的比較容易打破陌生感，因此開始了解臺語的思維模式。

對我的客戶而言，說臺語才能適度表達情緒，也難怪罵人講臺語比較有殺傷力，沒人會花時間說字正腔圓的髒話。因為懂臺語，讓我認識長輩們的想法，聽著他們過去辛苦創業的故事，聊著如何面對未來，讓我多了不同的人生觀。

離開臺灣接觸更多陌生語言後，發現重點不在說話，而在學習不同的人生觀，如果只懂自己的語言，很難清楚了解對方的動機與用意。雖然肢體語言可以行遍天下，還是少了某種情緒與文化內涵。

有一位馬來西亞朋友，因為喜歡臺灣文化而跑來讀書，對韓、日語一竅不通的他，之後分別跑去韓、日交換學生一年，臺灣朋友都很佩服他，他說因為喜歡當地文化勝過語言，就不那麼怕了。當他學會韓語後，每當遇到臺韓雙方互相批評時，都能比較客觀的看待雙方負面情緒背後的動機，大家吵架只是人生價值觀有所不同，沒有好壞之分。

我們都知道語言的重要性，卻忽略背後的真正價值；我們太在乎說話，少了站在別人立場看世界的角度，最後變成會說話卻不會思考的鸚鵡，不斷模仿別人。如果你會其他流利語言，請讓自己有流利思想。

語言是思想的外衣。——英國文豪塞繆爾．詹森（1709-1784）

約有 8,200,000 項結果（搜尋時間：0.59 秒）

世界最棒的工作

世界最棒的工作，在懂幸福的人心中。

人類被賦予了一種工作，就是精神的成長。——俄國文豪托爾斯泰（1828-1910）

澳洲近年來主打「全世界最棒的工作」，吸引不少年輕人前往挑戰，每年都有臺灣人入圍，間接讓世界認識臺灣。奇妙的是，我們都不清楚競爭者來自何方？只知道有臺灣人正在努力比賽，那些還被困在臺灣島的年輕人，心中只能默默羨慕與嫉妒。這樣的場景好比《神鬼戰士》，勝利者永遠只有一個，場邊群眾只能寄託家鄉戰士突破重圍，獲得冠軍，替大家爭口氣，要別人永遠記得臺灣。

時代在變，競爭依然存在，新的廝殺場地換成「澳洲競技場」，全世界的民眾坐在電腦前幫忙加油，每個人掌聲響亮，潛意識中都希望自己獲得榮華富貴，成為最後的勝利者。

你是否還記得前幾屆參賽的臺灣人叫什麼？不記得是正常的，因為聰明的人類只記得贏家。

今年全世界最棒的工作擴大比賽，選出六位勝出者，薪水半年有一百五十萬臺幣，共有新南威爾斯玩樂達人、西澳品嘗大師、墨爾本生活時尚攝影師、昆士蘭國家公園巡護員、南澳野生動物看護員和北領地內陸冒險。

臺灣媒體甚至一窩蜂解讀成「最爽」、「最幸福」的工作，讓待在臺灣辛苦工作的年輕人恨得牙癢癢，巴不得離開鬼島。

如果認真分析這六種職業，臺灣似乎也有，唯一的差異在於薪資高低。

假設今天臺灣開放西部玩樂達人、南方品嘗大師、臺北生活時尚攝影師、墾丁國家公園巡護員、玉山野生動物看護員、花東內陸冒險家，半年薪資同樣有一百五十萬臺幣，你還會選擇去澳洲嗎？如果半年薪水只有十五萬，你會做嗎？似乎怎麼比都脫離不了價格，反而使人忽略工作本身的價值。

別人說全世界最棒的工作在外面，所以在臺灣找不到，即使有工作也是最爛的，做得半死不活，薪水連別人的一半都不到。就這樣一直比，最後只能比誰的中指長，誰罵的有理，因為薪資低是改變不了的事實。

無論在澳洲或臺灣，大家的目的都是為了獲得幸福感。不考慮薪水，臺灣也有很多全世界最棒的工作；只考慮薪水，全世界最棒的工作一定不在臺灣。

或許世界最棒的工作不在澳洲、紐約或巴黎，而在懂得擁有幸福感的人心中。「只有沒出息的思想，沒有沒出息的工作。」一份工作，能讓你喜歡眼前的自己，就是全世界最棒的工作！

鋼鐵草莓／七年級的70個關鍵字

Life系列018

作者—藍白拖
主編—陳信宏
責任編輯—葉靜倫
責任企畫—曾睦涵
封面設計—我我設計 wowo.design@gmail.com
內頁設計—Fi（Peng, Hsing Kai）空白地區
校對—謝惠鈴、葉靜倫
發行人
董事長—孫思照
總經理—趙政岷
總編輯—李采洪
出版者—時報文化出版企業股份有限公司
一〇八〇三 臺北市和平西路三段二四〇號三樓
發行專線—（〇二）二三〇六—六八四二
讀者服務專線—〇八〇〇—二三一—七〇五・（〇二）二三〇四—七一〇三
讀者服務傳真—（〇二）二三〇四—六八五八
郵撥—一九三四—四七二四時報文化出版公司
信箱—臺北郵政七九～九九信箱
時報悅讀網—http://www.readingtimes.com.tw
讀者服務信箱—newlife@readingtimes.com.tw
第二編輯部粉絲團—http://www.facebook.com/readingtimes.2
法律顧問—理律法律事務所 陳長文律師、李念祖律師
印刷—盈昌印刷有限公司
初版一刷—二〇一三年九月二十日
定價—新臺幣二八〇元
⊙行政院新聞局局版北市業字第八〇號

國家圖書館出版品預行編目資料

鋼鐵草莓／七年級的70個關鍵字／藍白拖 著

初版. -- 臺北市 : 時報文化, 2013.9
面； 公分. -- (Life，21)

ISBN（平裝）：978-957-13-5828-4

855 102017620

ISBN 978-957-13-5828-4
Printed in Taiwan